長編歴史小説

臥《が》竜《りよう》の天(上)

火坂雅志

祥伝社文庫

目次

有時《あるとき》の（政宗《まさむね》の）御咄《おんはなし》には、大将の国家を治め人を愛すること、たとえば不動明王の形の如《ごと》し。外には忿怒《ふんぬ》の相を現《げん》し、内心慈悲の恵み深し。

『木村宇右衛門覚書《きむらうえもんおぼえがき》』

第一章　非情

一

晩秋であった。

荒涼《こうりょう》と霜枯《しもが》れた野のかなたに、雪をいただいた安達太良《あだたら》山が皓《しろ》く、冷たく輝いている。あと十日もすれば、みちのくの里にも雪が降りてくる。

空に雲はない。

澄《す》みきった蒼穹《そうきゅう》を雁《かり》の群れが渡り、青昏《あおぐら》い古沼《こしょう》の向こうの森へ吸い込まれるように消えた。

茫漠《ぼうばく》とした安達ケ原《あだちがはら》を、またたきの少ない隻眼《せきがん》で、怒ったように凝視《ぎょうし》するひとりの若者がいる。

伊達藤次郎政宗《だてとうじろうまさむね》——。

昨年、天正《てんしよう》十二年（一五八四）の秋に、父輝宗《てるむね》から家督《かとく》をゆずられ、出羽米沢《でわよねざわ》城主となったばかりの十九歳の青年武将である。

身の丈《たけ》、五尺三寸（約一六〇センチ）。

肩幅が広く、茄子紺《なすこん》の小袖《こそで》と革袴《かわばかま》をまとった体の線は鞭《むち》のようにしなやかである。

頰《ほお》が直線的で、鼻梁《びりよう》が高く隆起し、一文字《いちもんじ》に引き結ばれた唇が内に秘めた強靱《きようじん》な意志を感じさせた。

そして、その独眼。

青春の孤独と凶暴、烈《はげ》しい野性と物静かな理性が同居し、ひとつに溶け合って、どこか物憂《ものう》い色合いをなしている。

「鳥見《とりみ》ノ者は、まだか」

野を見すえたまま、政宗は低く言った。

革籠手《かわごて》を巻いた左腕にすえたハイタカが、みじろぎもせず、狩りの瞬間《とき》を待っている。

「いささか遅うございますな」

背後にひかえた男が、眉をひそめながら野のかなたを見た。

名を、片倉小十郎景綱《かたくらこじゅうろうかげつな》という。十年前から傅役《もりやく》として、政宗のもとに侍している。歳は二十九。冷静沈着な眼差《まなざし》を持ち、見るからに利《き》け者といった、知的な風貌をしていた。

「それがしが行って、ようすを見てまいりましょうか」

「それにはおよばぬ」

「されば、誰か人を……」

「よい。狩りに焦りは禁物《きんもつ》だ」

政宗は底響きのする声でつぶやき、野のかなたを見つめつづけた。

ひとたび、

——やる

となれば、その行動は迅速にして果断だが、堪《た》えねばならぬときは、地べたを這《は》い、泥水を嘗《な》めても堪え抜くだけの忍耐強さをこの若者は持っている。

(やはり、育ちのゆえか……)

影のごとく政宗に付き従い、あるじの心の襞《ひだ》をすみずみまで知っている片倉小十郎は、胸のうちでふと思った。

まだ、

——梵天丸《ぼんてんまる》

と呼ばれていた政宗にはじめて会った日のことを、小十郎はいまも時おり思い出す。

（あれは、暑い夏の日であった）

小十郎の異父姉《あね》、喜多《きた》は政宗の乳母《うば》をつとめている。その縁により、小十郎は伊達家の将来を担《にな》うべき若君の傅役に推挙された。

（子供らしい無邪気さなど微塵《みじん》もなく、妙にひねこびた眼つきをしたやつだった……）

姉の喜多にくどいほど聞かされ、小十郎は政宗の暗い翳《かげ》に満ちた生い立ちを知っていた。

政宗の生母義《よし》姫は、出羽の名族、最上《もがみ》家の出である。当主で義姫の兄にあたる最上義光《よしあき》は、狡猾《こうかつ》な謀略家として知られ、〝羽州《うしゅう》の狐《きつね》〟とも称される人物だった。

出羽国の最上、村上《むらかみ》両郡（山形県北部）を領する山形城の最上家と、置賜《おきたま》郡（山形県南部）の米沢城を本拠とする伊達家は、たがいに領地を接し、長年、小競《こぜ》り合いを繰り返してきたあいだがらである。

その犬猿の仲の両家の融和《ゆうわ》をはかるため、最上から伊達家当主の輝宗のもとへ嫁《とつ》いできたのが義姫であった。

政宗の出生については、逸話《いつわ》がある。

文武にすぐれた男子の誕生を願う義姫は、米沢近郊の亀岡文殊堂《かめおかもんじゆどう》のかたわらに住む行者《ぎようじや》の長海上人《ちようかい》に祈禱《きとう》を依頼した。

上人は修験《しゆげん》の霊場、出羽三山のひとつ湯殿山《ゆどのさん》に籠もり、御神体である熱泉に梵天（幣束《へいそく》）をひたして持ち帰ると、姫の寝所の屋根にこれを立てた。

その夜、義姫は奇夢を見た。

顎に長い白鬚《はくしゆ》をたくわえた、見知らぬ老僧が枕べにあらわれ、

「胎内に宿を借りたい」

と言って、手にしていた梵天を姫にさずけて消え去った。

のち、義姫はめでたく懐妊。月満ちて誕生したのが政宗であった。梵天は神が宿る依代《よりしろ》である。ために、

——若君は湯殿山の神の申し子ではないか。

との噂が、家中、領内でひそやかに囁《ささや》かれた。

しかし——。

五歳になったとき、政宗を突然の悲劇が襲う。いっときは、生死さえ危《あや》ぶまれる重体におちいった。
はやり病《やまい》の疱瘡《ほうそう》——すなわち天然痘《てんねんとう》に罹病《りびょう》。いっときは、生死さえ危《あや》ぶまれる重体

かろうじて命こそ取りとめたものの、政宗は顔じゅうに醜《みにく》いあばたが残り、しかも疱瘡の毒に冒《おか》されたために、右眼を失明するに至る。

『性山公治家記録《しょうざんこうじかきろく》』には、

——御目終《つい》に肉高くなりて、眥《まなじり》の外に脱出たり。甚《はなは》だ醜し……。

と、記《しる》されている。

腫《は》れ上がった右眼の肉が盛り上がり、まなじりの外にだらりと飛び出すという、多感な少年にとってあまりに不幸な、化け物めいた容貌になった。

さらに政宗を打ちのめしたのは、母義姫が醜くなったわが子を、あからさまに毛嫌いしだしたことであろう。

「あのような者、見たくもない。どこが神の申し子か」

期待が大きかっただけに、義姫は裏切られたような気持ちになった。

義姫は、母性によってわが子をあたたかく包む女人ではなく、おのがありのままの感情に生きる型の女人であった。

——母

であるより、

——おんな

といっていい。

政宗を嫌い、自分のそばから遠ざける一方、義姫は眉目秀麗《びもくしゅうれい》な次男の竺丸《じくまる》（のちの小次郎《こじろう》）を偏愛《へんあい》するようになった。

母に愛されぬ子の心の闇ほど、暗く、深いものはない。

容貌の醜さもあり、政宗はしだいに引き籠《こ》もりがちになり、めったに人と言葉をかわすことのない、陰気でいじけた少年になっていった。

（ちょうど、そのころだ。わしが、政宗さまのおそばに召し出されたのは……）

塑像《そぞう》のように動かぬあるじの横顔を、片倉小十郎は目を細めて見た。

暑い夏のさかりだというのに、九歳の政宗——梵天丸は居室の障子《しょうじ》を閉めきり、黙然《もくねん》と座していた。

出仕のあいさつをのべても、ぷいと顔を横にそむけ、膝《ひざ》の上で拳《こぶし》を握りしめたま

ま、小十郎に声をかけるでもない。

（かわいげのないやつ……）

というのが、初対面のいつわらざる印象だった。

じっさい、この外界《げかい》に対して心をかたくなに閉ざした若君の相手をつとめるのは、なかなかに厄介《やっかい》な仕事だった。

出羽高畠《たかはた》の安久津《あくつ》八幡社の神職片倉家に生まれた小十郎は、若いながら文武両道に長じ、また、世に知られた笛《ふえ》の名手でもあった。

その小十郎を、

「梵天丸の傅役に」

と望んだのは、ほかならぬ政宗の父、輝宗である。

しかし、その主君の期待にそむいて、米沢城下から逃げ出したくなるほど、小十郎は政宗の教育に手を焼いた。

なにしろ、将来、伊達家をひきいて立とうという若君が、人前でろくに口もきけぬのだ。嫌にもなる。

生母から疎《うと》まれ、しかも容貌に劣等感を抱《いだ》く政宗を、小十郎は無理やり連れ出し、
馬の遠駆け
川狩り
相撲《すもう》

と、さまざまな試《こころ》みをして、外の世界に馴染《なじ》ませようとした。

が、うまくいかない。

自分は人から馬鹿にされている——と、かたくなに思い込む政宗の被害者意識が、殻《から》を打ち破ることを邪魔する。

（これは、だめだ……）

ついに音《ね》を上げ、小十郎が傅役の辞退を申し出たとき、それを強く押し止《とど》めたのは、やはり父の輝宗だった。

「あれを見捨ててくれるな。わしは、あれの秘めたる大才を信じている」

伊達家特有の面長《おもなが》な顔にやや寂《さび》しげな翳を刻み、手を取らんばかりにして懇願した輝宗の姿を、小十郎はいまでも鮮明におぼえている。

（大殿の深い慈愛なくば、今日、政宗さまはここにあり得たかどうか……）

真っ赤に熟《う》れたカラスウリの実が、清澄《せいちょう》な晩秋の陽ざしに光っている。

二

「何を考えていた」

政宗は小十郎を振り返った。

隻眼であるために、つねの人よりも視野が狭い。その狭さをおぎなうため、政宗は幼きころより、心の眼で広くものを見るようにしている。父輝宗が息子のためにつけた学問の師、京妙心寺《みょうしんじ》出身の禅僧虎哉宗乙《こさいそういつ》よりの教えだった。

「大殿のことを思うておりました」

「おまえもか」

片頬に皺を寄せ、政宗はかるく笑った。

かつて、母の義姫から、

——見たくもない……。

と、嫌い抜かれた政宗の貌《かお》だが、いまではその陰気さが影をひそめ、堂々たる自信が不敵な面構《つらがま》えにみなぎっている。

潰《つぶ》れた右眼から飛び出た醜い肉塊も、政宗自身が、

「切れ」

と小十郎に命じ、みずからの心の脆弱《ぜいじゃく》さを断《た》ち切るように、小刀で切除させていた。

「わしも、父上のことを考えていた」

政宗は言った。

「父上がこのわしをみとめ、大いなる心で包み込んでくれなかったら、わしはおのれを矮小《わいしょう》な者と思い込んだまま、みじめに腐《くさ》り果てていたであろう」

「まこと、仰せのとおりにございますな。大殿は……」

と、小十郎は輝宗のいる宮森城《みやもり》のほうを振り返り、

「世子《せいし》にふさわしからずという家中の者どもの声から、徹頭徹尾《てっとうてつび》、あなたさまをおかばいになった」

「その父に応《こた》えんがため、わしは今日までおのれを磨《みが》いてきた」

「は……」

父輝宗のことを話すとき、政宗の瞳が情を含んだやわらかな光に濡れるのを小十郎は知っている。反面、その引きしまった唇から、母親の話題が語られることは、絶えてなかった。

「父上は、宮森城か」

「いまごろ、二本松《にほんまつ》の者どもを城に迎えておられるころでしょう」

「父上も人のよいことだ。あのような腰のすわらぬ連中、ひと思いに揉《も》み潰すしかないものを」

「は……」

表情は控《ひか》えながら、小十郎があるじに同意するようにうなずいた。

政宗の言う、二本松の者どもとは、奥州《おうしゅう》二本松（現、福島県二本松市）城主畠山《はたけやま》義継《よしつぐ》とその家臣たちである。

伊達領と近接する、

二本松　畠山氏
小浜《おばま》　大内《おおうち》氏
須賀川《すかがわ》　二階堂《にかいどう》氏
三春《みはる》　田村《たむら》氏
棚倉《たなぐら》　石川《いしかわ》氏
白河《しらかわ》　白川《しらかわ》氏
平《たいら》　岩城《いわき》氏
中村《なかむら》　相馬《そうま》氏
師山《もろやま》　大崎《おおさき》氏
寺池《てらいけ》　葛西《かさい》氏
山形　最上氏

黒川《くろかわ》　蘆名《あしな》氏

らは、古くより所領をめぐって相争い、合戦を繰り返してきた。

とはいっても、これらの諸大名は、鎌倉幕府の御家人《ごけにん》の流れを汲《く》む名家であり、代々、数百年にもわたって政略結婚を繰り返して、血縁がクモの巣のように入り組む親族となっていた。

それゆえ、たとえ合戦になったとしても、相手を完膚《かんぷ》なきまでに叩き潰し、滅亡に追い込むということがない。頃合いを見はからって、誰かが仲裁に入り、適当なところで手打ちをしてきたといういきさつがある。

「弱肉強食」

「下克上《げこくじょう》」

弱い者が強い者に呑《の》み込まれ、大きな中央集権化の流れが加速していく戦国乱世のなかで、奥州、羽州だけが、いまだ中世的なぬるま湯にひたっていたといえる。

十八歳で伊達家のあるじとなった政宗は、そうした奥州、羽州の土壌を、

（もどかしい……）

と、かねてより、唇を嚙《か》み破りたいような、じれったい思いで眺《なが》めていた。

政宗の学問の師となった虎哉宗乙は、中央の宗教界で一大勢力をなす妙心寺の出身

である。生国《しょうごく》は美濃《みの》。
戦国大名と結びつくことによって、寺勢拡大をはかってきた妙心寺からは、
今川義元《いまがわよしもと》の太原雪斎《たいげんせっさい》
織田信長《おだのぶなが》の沢彦宗恩《たくげんそうおん》
武田信玄《たけだしんげん》の快川紹喜《かいせんじょうき》
ら、諸将に知恵をさずける多くの名参謀が生まれ、同門による情報網が全国津々《つつ》
浦々《うらうら》に張りめぐらされていた。
虎哉の口から、政宗は最新の上方情勢を聞かされて育った。
政宗が出羽米沢城で生まれた永禄《えいろく》十年（一五六七）、尾張《おわり》国下四郡の守護代の家老の家から急成長した織田信長が美濃を平定。翌年、稲葉山《いなばやま》城を岐阜《ぎふ》城とあらため、天下布武《ふぶ》へ向けて大きく一歩を踏み出している。翌年、信長は足利義昭《あしかがよしあき》を奉じて上洛《じょうらく》を果たした。
その後、天下統一をめざして織田家は拡張をつづけるも、重臣明智光秀《あけちみつひで》の謀叛《むほん》によって、信長が京本能寺《ほんのうじ》で横死《おうし》。天下布武の大望は頓挫《とんざ》する。
それが、三年前の天正十年のこと。
信長の覇業は、山崎《やまさき》合戦で光秀を破った羽柴秀吉《はしばひでよし》によって受け継《つ》がれ、現在にいた

っている。

「羽柴秀吉は、もとをたどれば尾張中村《なかむら》の農民の小せがれにござります」

虎哉宗乙は言った。

「そのような者が、天下の諸将に号令をかけんとしているのか」

東国の古い血族社会のなかで育った政宗にとっては、横っ面を棍棒《こんぼう》で殴《なぐ》られるほどの大きなおどろきである。

「さよう」

虎哉はうなずき、

「秀吉は、同じ織田家中の有力者であった柴田勝家《しばたかついえ》を撃破し、また先年、東海の太守たる徳川家康《とくがわいえやす》と小牧《こまき》、長久手《ながくて》に戦ったのち、これと和睦しております。畿内《きない》一円はもとより、中国筋、北陸にても、秀吉の威《い》に従わぬ者はなく、さきごろ京の朝廷は、かの者を関白《かんぱく》に叙任《じょにん》いたし、豊臣《とよとみ》の姓を下賜《かし》したとのよし」

「関白……」

政宗はうめいた。

関白といえば、人臣の最高位である。京の公卿《くぎょう》のなかでも、もっとも格の高い五摂《ごせつ》家《け》の者しか、その位《くらい》につくことはできぬと決まっている。

「秀吉は、どうやって関白になったのだ」

挑《いど》みかかるように、政宗は聞いた。

「五摂家筆頭の近衛《このえ》家に養子に入り、藤原《ふじわら》一門につらなったという名目でございます。されど、じっさいのところは力ですな」

「力か」

「この奥羽はさておき、上方では古い権威より力がものを申します。力さえあれば、一農民の小せがれが、関白にもなり得るのです」

「…………」

虎哉のあたえた知識に、若い政宗は声を失った。

奥州、羽州で、伊達家をはじめとする諸氏が、愚にもつかぬ小競《こぜ》り合いをつづけているあいだに、時代は猛烈な勢いで変わりつつある。

政宗の父輝宗もそうだが、奥羽の大名たちは、すぐ間近まで迫っているその流れから、ことさら眼をそむけ、変化に即応していく努力をおこたっていた。

（これではならぬ……）

政宗は思った。

おのれ自身の小さな悩み――容貌の醜さや、母との不和に、いつまでも拘泥《こうでい》している場合ではない。

家督を継ぐや、政宗は、虎哉宗乙ならびに腹心の片倉小十郎の助言のもと、伊達家拡張政策に着手。仙道《せんどう》(現、福島県中通り地方)の小領主で、会津《あいづ》黒川の蘆名氏に寝返った小浜城主大内定綱《さだつな》の領内に侵攻し、これを攻めたてた。この大内攻めで、政宗は戦いを馴《な》れ合いですませる従来の奥羽大名の慣例をかなぐり捨てている。

小浜城の出城である小手森《おてのもり》城に立て籠もった将士、老若男女《ろうにゃくなんにょ》、牛馬にいたるまで、生ある者はことごとく、

「撫《な》で斬りにせよッ！」

と命じ、それを実行に移した。

撫で斬りは、織田信長が近江小谷《おうみおだに》城攻めでおこなったのが初めてで、以後、長島一向一揆《ながしまいっこういっき》、越前《えちぜん》一向一揆、比叡《ひえい》焼き討ちなどで断行されている。

一見、冷酷なようだが、敵にあたえる心理的効果は絶大で、

——反抗する者には、死あるのみ。

という断固たる姿勢を知らしめすことができた。

妥協をゆるさぬ政宗の方針に、大内定綱は恐怖した。

「相手が悪い」

と、居城の小浜城に火を放ち、蘆名氏を頼って会津へ落ちのびた。

大内氏を追い、南奥州制覇の足がかりをつくった政宗は、小浜城を大改築し、会津侵攻の拠点としてみずからそこへ入った。

隠居となった父輝宗は、小浜城の南方半里（約二キロ）のところにある宮森城にいて、睨《にら》みをきかせている。

政宗がおこなった撫で斬りは、大内だけでなく、仙道周辺の小土豪たちを震え上がらせた。

そのひとつが、二本松城の畠山氏だった。

二本松城は、小浜城から阿武隈《あぶくま》川をへだて、西へわずか二里半の至近距離にある。

政宗はこの城を手中におさめるため、合戦準備をすすめていた。

この噂を聞いた畠山義継は、ふだんの横柄《おうへい》な態度にも似ず怖《お》じけづき、

「大内定綱のような目には遭《あ》いたくない」

として、小浜城の政宗に講和の使者を送ってきた。

「命乞いに来たか」

畠山の使者に対し、政宗は厳しい態度でのぞんだ。

いままでのように、中途半端な馴れ合いですますことは許されない。上方の政治の

流れに乗り遅れぬためにも、

（一日も早く、奥羽をひとつにまとめねばならぬ……）

という一種の使命感が、若き伊達家当主の背筋をつらぬいていた。

政宗は畠山領のほとんどを没収、わずかに五ヶ村のみを安堵することを、畠山義継に通告した。

これに腰を抜かしたのは二本松城の義継である。

政宗相手の交渉は難しいと見て、長い付き合いのある宮森城の隠居、輝宗のほうに、

「何とかしていただきたい」

と、泣きついた。

息子とちがい、旧態依然とした地縁、血縁のしがらみを断《た》ち切れぬ輝宗は、

「畠山には、以前、相馬攻めのときに五百の援兵を借りた恩義がある。わしの顔を立て、このたびばかりは堪忍《かんにん》してやって欲しい」

と畠山義継をかばい、やむなく父の懇願に政宗が折れる形で、二本松城攻めは沙汰《さた》やみとなった。

今日は、そのとりなしの返礼のために、畠山義継と家臣たちが、二本松から宮森城

をおとずれている。

当初から、畠山氏を滅ぼす方針だった政宗に、これがおもしろいはずがなく、腹立たしい気持ちをまぎらわすために、早朝から鷹狩りに出ているのである。

「父上のように、いちいち情にほだされていては、ことが前にすすまぬ。畠山とて、いまは従順なふりをしているが、いつまた蘆名に寝返るか、知れたものではない」

政宗は苛立《いらだ》ったように下唇を嚙んだ。

「畠山は滅ぼすべきだ。そうは思わぬか、小十郎」

「大殿は時期尚早《しょうそう》とお考えなのでしょう」

「急がねば、天下は……」

政宗が、独眼で白雪に輝く安達太良の秀峰《しゅうほう》を睨んだとき――。

野に、影が湧いた。

三

影は枯野を横切り、すべるような速さで近づいてくる。

「鳥見ノ者でありましょうか」

片倉小十郎が言った。

そろそろ、獲物を探しに行った鳥見ノ者たちがもどってもよいころである。

だが、野にあらわれたのは鳥見ノ者ではなかった。頭に深く藺笠《いがさ》をかぶり、黒衣をまとい、黒革の脛巾《はばき》をつけている。禅宗の一派、普化《ふけ》宗の僧——虚無僧《こむそう》姿の者であった。

「黒脛巾組だな」

政宗は隻眼をほそめた。

黒脛巾組とは、政宗の耳目《じもく》となって活動する諜報集団である。

それまでも伊達家は、諸国を自由に往来《おうらい》できる羽黒山伏《はぐろやまぶし》などを諜者に用いていたが、政宗の代になって、腹心の片倉小十郎が、

「これからは、他国の情勢をいちはやくつかむことが、何より大事です。腕におぼえのある早足の者を出自《しゅつじ》にかかわらず召し使い、お役に立てるべきでありましょう」

と助言し、あらたに組織された。彼らはみな、黒革の脛巾をつけていたため、

——黒脛巾組
と、伊達家でひそかに呼びならわされている。

出自にかかわらずの言葉どおり、彼らのなかには、名うての悪党、偸盗《ぬすびと》上がりの者

もいた。

野を走ってきた虚無僧が、政宗の前に片膝をつき、頭を下げた。

「申し上げますッ！」

山道を五里駆けても息ひとつ乱さぬ黒脛巾の者が、めずらしく肩で大きく息をしている。左手でつかんだ膝頭《ひざがしら》が、小刻みにふるえていた。

「その声は、芭蕉《ばしょう》か」

政宗は、黒脛巾組のなかでもっとも年少で、もとは夜盗の群れに入っていた若者の名を呼んだ。年はまだ十七だが、親のかたきの博労《ばくろう》を手にかけたこともあるという、剛の者である。

城中の金蔵に忍び込んで番士につかまり、処刑されそうになったのを、政宗がその若さをあわれみ、とくに助命して黒脛巾組に加えた。

「は……」

「何ごとか」

「それが……」

「落ち着いて申せ。それでも、わが臣かッ」

「はッ」

蘭笠の奥でゴクリと唾《つば》を呑み、芭蕉はおもむろに口をひらいた。

「お、大殿が攫《さら》われましてございます」

「何……」

瞬間、政宗の端整に引きしまった頬《ほお》がこわばった。

「いま、何と言った」

「宮森城より、大殿さまが拉《らっ》し去られたのでござりますッ」

「たわけたことを……。父上はいまごろ、畠山義継と会見におよんでおるはずではないか」

「その畠山が大殿を……」

「人質にしたかやッ！」

政宗は、父の身に起きた非常事態をたちどころに理解した。

政宗に攻め滅ぼされそうになった畠山義継は、隠居の輝宗を通じて詫《わ》びを入れた。しかし、それでもまだ、義継には敵対する者を容赦なく撫で斬りにした政宗への恐怖心があったにちがいない。

（父上を楯《たて》にして、われに牙を剝《む》く気か……）

総身から血の気《け》が引くのがわかった。

輝宗の身柄と引きかえに、畠山は伊達家に対して大きな譲歩を要求してくるであろう。いや、伊達と敵対する会津の蘆名、その同盟者である佐竹と組み、一気に攻勢をかけてくる可能性もあった。

（くそッ！）

政宗は唇を嚙んだ。

その横で、片倉小十郎が宮森城から駆けつけてきた芭蕉に、矢継ぎばやに質問を浴びせた。

「畠山勢の人数は？」

「総勢、五十余名」

「いずれの方角へ逃げ去った」

「二本松城をめざし、高田《たかだ》の渡しの方角へ」

「ことが起きてから、さほど時は経っておらぬな」

「はい。まだ、阿武隈川を越えてはおらぬでしょう」

「わかった」

虚無僧姿の諜者から、小十郎があるじのほうに視線をうつした。

「いかがなされます」

「………」

「殿ッ！」

「………」

政宗は口を閉ざしたまま、凍《こお》りついたように立ちつくしている。

五十余名の畠山勢に対し、鷹狩りに付き従っている伊達の家臣は、近習《きんじゅ》、小姓《こしょう》合わせて十二人。雑兵《ぞうひょう》や小者を合わせても、三十名に満たなかった。

畠山勢を追いかけても、戦って父を奪い返すだけの戦力がない。さりとて、居城の小浜城へ引き返し、手勢をまとめている時間のゆとりはなかった。

「殿ッ」

片倉小十郎が、ふたたび声をかけた。

政宗の体がゆらりと動き、その腕から、

「それッ！」

と、ハイタカが放たれる。

その黒い鳥影の行方《ゆくえ》を見さだめようともせず、

「行く」

政宗は決然と言い放った。

「小十郎」

「はッ」

「そなたは急ぎ、小浜城へ馳《は》せもどれ。留守居の亘理元宗《わたりもとむね》に、侍、鉄砲足軽をかき集め、二本松へ兵をすすめるよう伝えるのだ」

「殿はいかがなされます」

「わしは、父上を救いに行く」

言いざま、政宗はピュッと指笛を吹いた。

その音に応え、近くの雑木林から、堂々と尻の張った、いかにも奥州産の馬らしい四肢《しし》の発達した逞《たくま》しい黒鹿毛《くろかげ》があらわれる。額《ひたい》のところに、白い三日月があった。

黒鹿毛のアブミに足をかけ、政宗は馬の背に飛び乗った。

——ハッ
と、素手《すで》で馬の尻をたたき、疾風《はやて》のごとく走りだした。

四

宮森城から、高田の渡しまでは、西へ一里——。

阿武隈川を越えれば、向こうは畠山義継の二本松領である。

（間に合え、間に合ってくれ……）

馬を責めながら、政宗は祈るような気持ちになった。

二本松領へ入ってしまえば、拉致《らち》された輝宗の奪還は難しくなる。父の命を取引の具として、畠山方は伊達家にさまざまな譲歩を要求してくるだろう。

仙道からの軍勢の撤退、政宗が力で切り取った領地の返上を余儀なくされるのは間違いない。

土豪どうしがつまらぬ小競り合いを繰り返している時代なら、それでよかったかもしれないが、政宗はすでに奥州統一の目標に向かって走りだしている。

その志が頓挫する前に、何としても敵の手から父輝宗を奪い返さねばならなかった。

（父上……）

政宗の、父に対する思いは深い。

母に愛されぬ孤独な息子に、へだてのない大きな愛をそそぎ、虎哉宗乙、片倉小十郎というすぐれた教育係をつけてくれた父の存在がなかったら、自分はどうなっていたかわからない。

（おまえには、わしら古い世代にはない何かがある。これからの伊達家をひきいていくのは、おまえしかおらぬ……）

と、政宗を励《はげ》まし、自信を持たせてくれたのも父であった。

その父が、攫われた。

政宗の胸は早鐘《はやがね》を打ち、思いは千々《ちぢ》に乱れた。

（あれは初参りのときだった……）

出羽国には、

――十五の初参り

なる風習がある。

十五歳をむかえた男子は、霊場出羽三山へ詣《もう》で、祖先を供養《くよう》すると同時に、身体壮健を祈念するというものである。険《けわ》しい山々をめぐることで、みずからの肉体と精神を鍛え上げ、それを達成したときにはじめて、一人前の男としてみとめられる。

伊達家の嫡男《ちゃくなん》として生まれた政宗は、その十五の初参りを、人より早い十三歳のときにおこなった。

初参りには、父親も同道するのが慣例で、白い浄衣に身をつつんだ政宗の一行には、父輝宗のほか、片倉小十郎、鬼庭綱元《おにわつなもと》らの家臣、山伏、強力《ごうりき》が加わった。

それは、みちのくの遅い春であった。

陽のあたらぬ山襞《やまひだ》には、まだ雪が消え残り、ふもとに近い山裾はみずみずしいブナの新緑が萌《も》え立っていた。

羽黒山《はぐろやま》
月山《がっさん》
とめぐり、山中の坊舎に笹をしいてブナの丸太を枕に眠った。

三山めぐりの最後に、湯殿山に到達した。

湯殿山は、政宗にゆかりの深い聖地である。

行者の長海上人が湯殿山にこもり、御神体の熱泉にひたして持ち帰った梵天で祈念したすえ、誕生したのが政宗だという伝説がある。

いわば、自分というものをこの世に生み出した聖地である。湯殿山をたずねることは、政宗にとってひときわ深い感慨があった。

注連縄《しめなわ》がめぐらされた結界の手前で、一同はワラジを脱ぎ、熱泉の湧きだす谷へ下りた。神体の熱泉に素足《すあし》をひたし、無病息災《むびょうそくさい》を祈った。

その帰り道、立ち寄った宿坊で、

「じきに、そなたも一人前じゃな」

輝宗が囲炉裏《いろり》の火を見つめながら言った。

「初参りをすませたからには、今日より一人前です」

生意気ざかりの政宗は、昼食《ちゅうじき》の味噌握りを頬ばり、挑《いど》むような目で父を見た。そろそろ、親の保護から飛び出したくなる年ごろである。

輝宗は笑い、

「一人前と申したのは、嫁取りのことよ」

「嫁……」

「この冬には、三春の田村家からそなたの嫁御寮がやって来る」

「そのような者、まだいりませぬ」

政宗は顔をそむけた。

今年に入って、三春城主田村清顕《きよあき》とのあいだに、そういう話が起こっている。周囲からの厳しい圧迫に苦しむ田村清顕は、生き残りのために、伊達家との同盟を策していた。

田村のひとり娘は名を愛姫《めご》といい、年は政宗より二歳年下の十一歳であった。

「そうもいかぬであろう」

と、輝宗は折ったブナの枯枝を囲炉裏の火にくべ、

「嫁を娶《めと》り、その嫁とのあいだに立派な跡取りをなしてこそ、まことの男よ。湯殿山の御神体を見たか」

「そのこと、断じて口にしてはならぬと、沢先達《さわせんだつ》の行者より、きつく言われております」

「かたく考えることはない。あれはな、女の陰《ほと》じゃ」

「女の陰……」

「穴より湧き出し、足をひたしたのは、女人の津液《しんえき》と同じ。人はすべて、あの穴より生まれる」

「言ってはならぬことです。さような禁忌《きんき》を口になされては、父上の身にわざわいが降りかかりましょう」

「そなたは禁忌を恐れるか」

輝宗が、わが息子をめずらしく強い視線で見た。

「恐れよと、長海上人らは申しております」

「行者や神官ならば、神仏を恐れうやまってもよい。それが、かの者どもの役目であるからな」

「…………」

「しかし、そなたは国を治めていかねばならぬ武士《もののふ》の子だ。武士たるものは、神仏を治国のために使うことはあっても、それを恐れてはならない。物事が澱《よど》んだ水のごとく、とどこおってしまうからだ。わかるか」

「いえ……」

「いまはわからずともよい。このこと、心の片すみにでも刻みつけておけ」

「……」

「ほれ、飯粒がついておるぞ」

無造作に手をのばすと、輝宗は息子の口もとについていた飯粒を取って、自分の口に入れた。

「何じゃ、味噌もついておるではないか」

輝宗は笑いながら懐紙《かいし》に唾をつけ、それで政宗の頬をぬぐった。

（くさい……）

ムッと鼻腔にひろがった、父の唾液のなまぐささを、政宗はいまも鮮明におぼえている――。

五

しばらく馬を走らせると、行く手に川があらわれた。

阿武隈川である。

季節がら、川の水量は減り、干上《ひあ》がった河原の小石が剝《む》き出しになっている。

川ぞいに走った。

やがて、高田ヶ原の粟《あわ》ノ須《す》あたりまできたとき、

（あれか……）

政宗の目に、武者の一団が飛び込んできた。

人数は五十人ばかり。騎馬の侍《さむらい》もいれば、徒士《かち》もいる。その人の群れが、いましも川を押し渡ろうとしていた。

「逃がすかやーッ！」

政宗は雄叫《おたけ》びを上げ、まっしぐらに馬を走らせた。

その声に気づいたか、武者たちが振り返った。みるみる男たちの顔が蒼《あお》ざめ、こわばっていくのが遠目にもわかる。それほど、政宗の存在は近在の土豪のあいだで恐れ

られている。

「足を止めるな。早く、川を渡りきってしまえッ！」

葦毛《あしげ》の馬に乗った大柄な武者が、焦《じ》れたように叫んだ。

畠山義継が〝鬼葦毛《おにあしげ》〟と名づけた葦毛の名馬を秘蔵し、つねにうちまたがっていることは、このあたりの者なら三つの子供でも知っている。

（義継めが、行かせるかッ）

馬の尻を激しくたたき、政宗は敵将義継に追いすがらんとした。

敵は川に乗り入れているため、流れに足をとられて動きが鈍《にぶ》くなっている。追う者と追われる者の距離は、一挙にせばまった。

と――。

政宗に背を向け、逃走をはかっていた畠山義継が、思いもかけぬ行動に出た。

川の中洲《なかす》で馬をとめ、こちらを振り返るや、

「これが見えぬかッ！」

脇差《わきざし》を抜き放ち、馬鞍《うまぐら》の後輪《しずわ》にくくりつけていたものに、切っ先を突きつけた。

いや、ものではない。

人である。

枯木のように痩せた小柄な体は、ぐったりとし、大兵《たいひょう》肥満の畠山義継の前にほとんど無抵抗に見えた。

（父上……）

瞬間、政宗の血が凍った。

敵将義継にむずと髻《まげ》をつかまれ、喉もとに刃を向けられているのは、政宗のもっとも敬愛する父にちがいなかった。

「近づくなッ！　近づけば、喉笛をかき切るぞ」

義継が叫んだ。

さすがの政宗も、手綱を引き、馬の歩みをゆるめざるを得ない。

そこへ、政宗の近習たちがあとから追いついてきた。

「殿ッ、大殿はッ！」

「………」

無言で下唇を嚙みしめる政宗の視線の先を、家臣たちが見た。口々にうめき声を洩《も》らした。

が、彼らの誰ひとりとして、畠山義継に近づくことはおろか、刀を抜くことすらできない。伊達方がいささかでも不穏《ふおん》な動きをみせれば、大殿輝宗の命の炎《ほむら》はその瞬間に消えるだろう。

目の前の光景を、独眼がまたたきもせず、凝然《ぎょうぜん》と見つめた。

その政宗の前に、

「申しわけございませぬッ」

川辺の茂みから駆け出てきた若武者が、身を投げ出し、がばりと頭を下げた。

「藤五郎《とうごろう》か」

「は……」

顔を上げた若武者の額《ひたい》には、粘い脂汗《あぶらあせ》が浮かんでいる。

伊達藤五郎成実《しげざね》――伊達稙宗《たねむね》（十四世）の三男実元《さねもと》を父に持ち、晴宗《はるむね》（十五世）の娘を母に持つ、生粋《きっすい》の伊達一門衆である。利かぬ気の若者で、その覇気を隠居の輝宗が愛し、宮森城で側近として召し使っていた。

「それがしが、大殿のおそばに付いておりながら……。油断いたしましたッ」

血を吐くように成実は叫んだ。

のち、伊達成実は、輝宗が畠山義継に拉致された間の事情を、『成実記《しげざねき》』にくわしく書きとめている。

それによれば、畠山義継が態度を変えたのは、輝宗が留守上野政景《るすこうずけまさかげ》（輝宗の弟）と成実を従え、宮森城の表庭まで見送りに出たときだった。

地面に手をつき、斡旋《あっせん》の礼をのべるふりをしながら、畠山義継はいきなり、

「われらを途中で待ち伏せて、皆殺しにする所存であろうッ」

叫ぶや、輝宗の胸ぐらを左手でつかみ、脇差を抜いて胸に突きつけた。あらかじめ申し合わせてあったのか、義継の供七、八人が輝宗の背後へまわり、制止しようとする政景や成実らをさえぎった。

「狼藉者《ろうぜきもの》だッ。門を閉めよッ！」

成実は声を張り上げたが、すでに手遅れだった。

人質をとった畠山義継は、城門の外へ出ると、輝宗の体を馬の鞍《くら》にくりつけ、二本松領へ向かって走りだした。

意外な展開に、宮森城の者たちは武具を着用するひまもなく畠山勢を追いかけたものの、あるじを楯《たて》にされては、手も足も出なかった。

「殿ッ！」

伊達成実が叫んだ。

「いかがなされますッ。このままでは、大殿は……」

「………」

　馬上の政宗は微動だにせず、川のほうに瞳をすえている。

　政宗側が手出しできぬと踏んだか、畠山義継は余裕の表情を取りもどし、

「われらが二本松城に入るまで、そこでじっとしておれッ！　少しでも動けば、その瞬間に、父の命はないぞ」

と、脅《おど》しをかけてきた。

　輝宗に刀を突きつけつつ、ゆるゆると義継が葦毛の馬をすすめる。遠ざかっていく畠山勢を目の前にしながら、政宗には何もすることができない。

　政宗は、父を見つめた。

　体の力を消耗しきっているのか、輝宗は両目を閉じたまま、死んだように動かない。

　あの初参りの山道を、広い背中を見せて自分を導いてくれた父。政宗の家督相続に反対する母を説《と》き伏せ、自分を伊達家当主にすえてくれた粘り強い父のおもかげは、そこにはない。

（みすみす、憎い敵を行かせてしまうのか……）

　怒りが燃えた。

おのれの志は大きい。みちのくの曠野《こうや》にもおさまりきらぬほどに、大きい。その天下へはばたいていこうとするおのれの大望《たいもう》を、卑劣な手段でしか生きられぬ小人物のために、いまここで、撓《たわ》められるようなことがあってよいのか。

しかし――。

子として、親を見殺しにすることはできない。

そのとき、

(そなたは禁忌を恐れるか……)

かつて聞いた父の言葉が、政宗の耳に、不意によみがえってきた。

(禁忌を……)

胸のうちで、政宗は父に問い返していた。

(そうだ。武士たるものは、神仏を治国のために使うことはあっても、それを恐れてはならぬ)

(……………)

(肉親の情も同じだ。情にとらわれ、それゆえに決断を逡巡《しゅんじゅん》していては、物事が澱んだ水のごとく、とどこおってしまう)

(父上……)

（迷うてはならぬ、政宗）

そこで、声は消えた。

政宗はいま一度、葦毛の鞍にくくりつけられている父の姿を正視した。

父がこちらを見つめている。静かな目であった。

不思議にも、さきほどのごとく、みじめには見えなかった。

伊達家の将来を息子に託し、みずからは従容《しょうよう》として、死を受け入れる覚悟をかためているひとりの武人の姿がそこにはあった。

六

やがて、馬の蹄《ひづめ》の音が聞こえた。

小浜城へ馳せもどっていた片倉小十郎が、鉄砲隊五十人を引き連れ、高田の渡しへ駆けつけたのである。

「殿ッ！」

馬から飛び下りた小十郎は、政宗のそばへころぶように駆け寄った。

一目見ただけで、

「畠山め、卑怯《ひきよう》な……」

小十郎は、状況を理解した。

聡明《そうめい》なこの男には、ここが伊達家の、いや政宗自身の、

――切所《せつしよ》

であることが、痛いほどよくわかる。

ここで、政宗が黙って畠山を二本松領へ逃すようなことがあれば、伊達家はたちまち窮地に追い込まれるだろう。

しかし、その一方で、父を奪われたあるじの苦しい胸のうちも、

（さぞや……）

と、わがことのように察することができた。

「どうなされます」

とは、片倉小十郎は聞かなかった。

馬上のあるじを見あげ、その言葉を待った。

伊達家の運命は、大将である政宗自身の判断にかかっている。

政宗は眉間に皺を刻んだ。

そのとき――。

天啓のように、政宗の脳裡に浮かび上がってくるものがあった。

（これは危機ではない。天がおのれに与えた千載一遇の好機ではないか……）

肉親の情とはまったくかけ離れた部分で、きわめて短時間のあいだに、政宗の怜悧な計算が働いた。

ここで父輝宗が死ぬ。そうなれば、政宗を取り巻く伊達家の状況はどう変化するか。

いままで、古い因習にしがみつき、若い政宗の革新的なやり方に異をとなえてきた、輝宗の取り巻きの古参の宿老たちが一挙に発言力を失うことになる。

すなわち、労せずして政宗の前に立ちはだかっていた壁が取り払われ、世代交代が実現するのである。自身の手足となって働く新世代の家臣団をひきい、天下をめざすおのれの姿が見えた。

「やる」

政宗は、短く言った。

「わしはやるぞ、小十郎」

川を見つめる隻眼が、青白く凄絶な光を帯びた。

「急ぎ、川ぞいに鉄砲隊を並べよッ。畠山の者どもを、生かして二本松領へ帰してはならぬッ！」

「大殿は……」

「かまわぬ。わが命令だ」

政宗のかわいた声に、逡巡の響きはなかった。

「はッ」

すばやく身を引きながら、小十郎は総身が粟立《あわだ》つのを感じた。

（このお方は……）

非情な決断である。

しかし、人は何かを失わずして、何かを得ることは難しい。大きなものを得るということは、引きかえに大事な何かを失うということでもある。それを恐れ、怖じけづく者に前進はない。

この瞬間――。

政宗も、そして片倉小十郎も、自分たちを突き動かすおおいなる天の意志を、はっきりとその身に感じていた。

阿武隈川の川岸に、伊達の鉄砲隊が一列に居並んだ。

小十郎のさしずで、兵たちは用意の袖火で鉄砲の火縄に点火。河原に片膝をつき、狙いをさだめた。

畠山勢は、すでに対岸近くに達している。

敵はこちらの動きに気づいたようだが、人質がある以上、本気で撃つとは思っていないのか、焦るようすはない。

（よろしいのか……）

小十郎は振り返り、もう一度だけ、政宗に目で念を押した。

政宗は石のような表情を変えず、

「撃てッ！」

決然と命を下した。

ダンッ
ダンッ
ダンッ
五十挺の鉄砲が、つるべ撃ちに火を噴いた。

立ちのぼる白煙の向こうで、畠山の勢がのけぞり、血しぶきを散らし、苦悶《くもん》のうめきを上げて、川のなかへ倒れ込む。

硝煙の臭いが河原に満ち、清らかな阿武隈の流れが、見るまに朱に染まった。

この射撃で、畠山勢のうち半数近くが死傷した。

「一兵たりとも川向こうへやるなッ。斬り込め、斬り込めーッ！」

政宗は叫んだ。

喚声《かんせい》を上げ、槍《やり》、長刀《なぎなた》をかまえた兵たちが川へ飛び込んでいく。伊達勢は、水を蹴《け》立《た》てて畠山勢に追いすがり、苛烈な白兵戦を展開した。

乱戦のなか——。

敵将畠山義継が、人質の輝宗を馬から引きずりおろした。伊達方に見せつけるように、輝宗の体をわきにかかえる。

銃弾で横腹に傷を負いながらも、なお息があるのか、輝宗の痩せた胸がかすかにあえいでいた。

「見よッ！」

義継は、悪鬼のような形相《ぎようそう》でおめいた。

「望みどおり、わが命をくれてやる。だが、この義継、独りでは死なぬぞ」

と、血走った焦点の定まらぬ目で、かなたの政宗を睨み、

「きさまのおやじも、道連れにする。よいか、わしが殺すのではない。おやじの命を奪ったのは、政宗、きさま自身だッ」

叫ぶや、畠山義継は脇差で輝宗の喉をかき切った。

その刹那《せつな》、政宗の視界ですべてが色を失った。音も聞こえない。ただ、影絵のように、情景が動いている。

義継が、輝宗の骸《むくろ》を投げ出した。

義継に伊達家の侍、雑兵がむらがり、次々と槍を突き入れた。

「殿ッ！」

小十郎の叫びに、政宗は我に返った。馬から飛び下りるや、ザブザブと水を蹴立てて父に近づく。

「父上……」

肩を抱き上げたが、喉をかき切られた輝宗は、すでにこと切れていた。体に残っているぬくもりが、生前の父の思い出とともに政宗の胸にせまった。

「おのれーッ！」

政宗は腹の底からおめき、腰の脇差を抜いた。

倒れている畠山義継の上に馬乗りになり、ほとばしる激情にまかせて、顔を、喉を、胸を滅多刺しにする。

返り血で顔面が朱に染まり、義継が膾《なます》のようになっても、なお怒りはおさまらない。

その政宗を、

「おやめなされよ、殿」

片倉小十郎が制した。

「なぜ止める。こやつは、父上を……」

「殿は武士《もののふ》でござろう」

「…………」

「武士たる者、死者への礼節を忘れてはなりませぬ。それが、日々、戦いのなかに生死を賭ける者の掟なれば」

政宗は荒い息を吐きながら、ようやく義継の骸を放した。

第二章　人取橋《ひととりばし》の戦い

一

伊達輝宗《てるむね》の葬儀は、小浜《おばま》城下にほど近い佐原村の禅刹《ぜんさつ》、寿徳寺《じゅとくじ》でとりおこなわれる運びとなった。

導師をつとめるのは、悲報を聞いて米沢《よねざわ》から急ぎ駆けつけた虎哉宗乙《こさいそういっ》。虎哉は、政宗の学問の師でもある。

齢《よわい》五十七歳。

肩幅広く、胸板あつく、僧侶らしからぬ骨格のがっちりとした逞《たくま》しい体つきをしている。眼光炯々《けいけい》として、張り出した顎《あご》を持った、巌《いわお》のごとき面構えの持ち主であった。

虎哉がおとずれたとき、政宗は小浜城の本丸で山を見ていた。

空低く、鉛色の雲が垂れ込めている。

その下に白い尾根を見せているのは、安達太良山《あだたらやま》である。

この山を、土地の者は、

——乳首山《ちちくびやま》
と、呼びならわしている。

山頂の峰が峻険《しゅんけん》で強風にさらされるため、そこだけ雪が積もらず、さながら女人の乳首のように黒く突き出て見えるせいだった。

安達太良山に冠雪があると、村人たちは、干した稲の脱穀《だっこく》を急ぐ。ぐずぐずしておれば、じきに里まで雪が降り、農作業ができなくなってしまう。

政宗の目に涙はない。

ただ、かわいた眸《ひとみ》だけが、空を映して沈鬱《ちんうつ》な色をしていた。

「二本松《にほんまつ》城では、すでにいくさ支度がはじまっているそうにございますな」

政宗の背中に、虎哉が声をかけた。

（なぐさめは必要なかろう……）

と虎哉は思った。

哀しみから人の心を救うのは、なぐさめの言葉ではない。生きるために戦う——ただその一事が、暗い悲嘆の淵から這い上がるすべである。

「師僧」

と、政宗は虎哉を振り返った。

「人は死ねばどこへゆく」

「どこへも行きませぬ。ただ、無《む》に帰るだけ」

「出羽《でわ》国では、死者の魂は出羽三山や蔵王《ざおう》へのぼると申すぞ。あれは、嘘か」

「俗信にございます。あの世には、地獄も極楽もない。あるのは、無だけです」

「無とは、何も存在しないことであろう。あの世に無があるとは、おかしな物言いではないか」

政宗は相手の言葉じりをとらえて、突っかかった。

苛立《いらだ》っている。

あのときは、肚《はら》をくって決断を下したつもりだが、やはり、無残な姿となった父の亡骸《なきがら》を前にしては、罪の意識から逃れることはできない。

（おやじの命を奪ったのは、政宗、きさま自身だッ……）

という、畠山義継《はたけやまよしつぐ》の叫びが、耳の底にこびりついて離れない。

「あなたさまは、無というものを誤解なされているようだ」

　虎哉が太い声で言った。

「どういうことだ」

「無とは、谷川を流れる澄んだ水のようなもの。透きとおって見えるが、水のなかには、あらゆるものが溶けこんでいる。無もまた、同じ」

「何もないように見えるが、すべてがある。それが無の世界か」

「さよう。大殿さまは、その無のなかへ帰られた。かく申す愚僧も、そしてあなたさまも、いずれ俗世から解《と》き放たれて無に帰ってゆくのです。生きるとは、無に帰るまでの、つかの間の仮のいとなみにほかなりませぬ」

「この身のうちに湧きあがる、怒りも、憎しみも、苦しみも、父上への思いも、師僧はすべてが仮のものと申すかッ！」

　師に対して、政宗はつい声を荒らげた。

　人の死を、禅の理屈で片づけてしまうのは、おのれのために命を失った父に対して、あまりにすまぬような気がした。

　一見、新時代の気風を持った合理主義者のようでありながら、政宗は感じやすく繊細な一面を持っている。それは、政宗が母親の愛情うすく、孤独のうちに育ったことと無縁ではない。

天下に何ごとかを成したいという願望の強さと、内面に抱えた人としてのやさしさ――政宗は、その矛盾《むじゅん》のはざまで揺れている。

（おれは……）

政宗が独眼を伏せたとき、

「喝《か》ーッ！」

虎哉の雷声が響きわたった。

「散らぬ花が、いずこにあるか。枯《か》れぬ木が、いずこにあるか。人は、この世が仮のものとわかっていて、なお生きるために田畑を耕《たがや》す。明日、生がおわらんとても、果樹を植える。それは、仮なるがゆえにこの世を尊いと思うからだ」

「………」

「仮の世で、何ができるか。それは、あなたさまご自身の心ひとつにかかっている。後悔したいなら、後悔なされればよい。悩んでおるうちに、時はいたずらに過ぎ去ってしまいますぞ」

「この世に悔いを残すな。それが、師僧の教えか」

「畠山義継の遺児国王丸《くにおうまる》は、弱冠十二歳でございますが、一門の新城《あらき》弾正《だんじょう》、老臣の芳川帯刀《よしかわたてわき》ら文武兼備の将が、わきをしっかりかためておりまする。甘く見れば、痛い目に遭いましょう」

「わかっている」

政宗は言った。

「畠山と同盟を結ぶ常陸《ひたち》の佐竹《さたけ》、会津《あいづ》の蘆名《あしな》も、このたびの一件を知れば黙ってはおりますまい」

「その前に、二本松城をたたく」

「それでこそ、大殿さまも浮かばれましょう」

虎哉は深くうなずいた。

二本松城攻めは、軍議のすえ、輝宗の初七日をすませてからと決まった。

十月十二日――。

輝宗の葬儀がとどこおりなくおこなわれた。

政宗は二本松城攻めの準備に忙しい。

そのとき、城中へ輿《こし》を乗りつけてきた女人《にょにん》がいた。

母の義姫《よし》だった。

二

「なにッ、母上が」

小姓の知らせに、政宗は眉をひそめた。

先日の葬儀に、輝宗未亡人の義姫は参列していない。

小浜城内はすでに臨戦態勢にあるため、寿徳寺での葬儀は陣中の者だけでひっそりとすませ、いずれ情勢が落ち着いてから、伊達家本城の米沢城で正式に供養《くよう》をおこなうつもりでいた。

（このようなときに……）

ただでさえ、心にへだたりを持つ母である。

出陣を前に顔を合わせるのは、政宗としても気が重かった。

だが、来てしまったものを追い返すわけにはいかない。

「母上は、いずれに？」

「本丸御殿にてお待ちでございます。竺丸《じくまる》さまも、ご一緒にございますれば」

「竺丸もか」

政宗は、かすかに苦い顔をした。

竺丸は当年とって八歳。十一歳年下の、幼い弟である。これも元服前ということで、陣中の葬儀には呼ばなかった。

政宗は本丸御殿へおもむいた。

冷えびえとした火の気のない部屋で、政宗は母と向かい合った。

母――といっても、義姫はまだ十分すぎるほど若く、美しい。

三十六という年齢のわりには、きめのととのった肌が青白く冴えて見え、つややかな黒髪が、端正な細おもてをあでやかに引き立てていた。

青鈍色《あおにびいろ》の喪《も》の打掛《うちかけ》をまとった義姫の横には、母にそっくりの色白の美貌の竺丸が、何が起こったともわからぬようすで、おっとりとすわっている。

「そなた、どういう了見です」

きらきらと冷たく光る目で、義姫が政宗を睨《にら》んだ。細く吊り上がったきつい目は、彼女の実家、最上《もがみ》家の血統である。

「大殿の葬儀に、妻であるわたくしを呼ばぬとは」

「母上、その儀なれば……」

「言いわけなど、聞きとうありませぬ」

甲高い声で叫び、

「母に恥をかかせたばかりか、伊達家の正しき血筋を引く竺丸も葬儀に出さぬ。かような酷《ひど》い仕打ちを受けるとは、わたくしは伊達家に嫁《とつ》いで、これほど悔《くや》しい思いをしたことはありませぬ」

一息にまくしたてると、義姫はかたわらの竺丸を抱き寄せ、これ見よがしにはらはらと涙を流しはじめた。

（扱いかねる……）

子供のころからそうであったが、政宗はこの母との距離感がつかめない。

嫌われたくないがために、幼な心にいつも気を遣い、遠慮がちな目でしか母のことが見られなかった。

義姫のほうは、そうした政宗の子供らしくない目つきがカンに障《さわ》るらしく、

「おお、いやな目じゃ。いじいじとして、人の心の底を探っておるかや」

と、ますます毛嫌いした。

虎哉や片倉小十郎の教育を受け、おのれに自信を持つようになってからは、さすがに政宗も、自分の母が愛憎の濃淡が強く、感情のままに生きる、

――おんな

であることを理解するようになったが、それでもやはり、たがいの情がかよい合う糸口をつかめないでいる。

「それがしの話を、お聞き下さい」

政宗はつとめて感情を抑え、冷静な口調で言った。

「葬儀に母上と竺丸を呼ばなかったのは、陣中であるがゆえ。今日、明日にも出陣し、父上を謀殺した畠山の者どもを殲滅《せんめつ》せねばなりませぬ」

「しらじらしい」

キッとした目で、義姫が政宗を見すえた。

「大殿を鉄砲で撃ち殺すよう、家臣たちに命じたのは、ほかならぬそなたと申すではないか」

「…………」

「どうです、言いわけできまい。そなた、大殿がいずれ、家督を竺丸にゆずれと言い出されるのを恐れ、わざとことを仕組んだのではないか」

「いかに母上でも言葉が過ぎましょう。父上を敵の人質に取られては、伊達家は存亡の危機に瀕《ひん》する。それゆえ、それがしはいたしかたなく……」

「それが、見えすいた嘘だと言うのです」

義姫は頬をくれないに染め、言い放った。

「そなたはおのがやり方で、伊達家を思いのままに切り盛りしたいのであろう。それには、大殿が邪魔じゃ。目障りじゃ。それゆえ、都合のよい口実をつけて親を殺したのであろう」

「母上ッ！」

政宗は唇を噛みしめ、たかぶる感情を押さえ込んだ。

「母上、伊達家の当主はそれがしです」

「それがどうしました」

「家中のことは、当主が決めます。今後は母上も、それがしに従っていただきたい」

「生意気な……。そなたをこの世に生んだ母を、意のままに服従させようというのか」

「それが武門の掟《おきて》です」

「母と子のあいだに、掟も何もあろうかや。親に対する孝養の心もわきまえぬ不孝者が、家中をおさめようなどとは、かたはら痛い。誰が、そなたの言うことなど聞こうか」

「仰せになりたいことは、それだけでございますか」

低い声で政宗は言った。

「それがしは、二本松城攻めの支度に忙しい。ほかに御用がないのなら、これにて失礼いたします」

一礼するや、政宗は立ち上がった。

母と目を合わせぬようにして、部屋をあとにする。

その背中に、

「このたびのいくさで、そなたの身にもしものことがあれば、伊達家は竺丸に継がせますぞ」

胸をえぐるような母の言葉が追いかけてきた。

「愛《めご》には、まだ子ができぬようじゃ。このこと、よくよく心得ておかれませ」

「…………」

なおも何か言いつのろうとする母を置き去りにし、政宗は足早に歩きだした。

三

父の初七日の法要をすませた十月十五日——。

政宗は九千の兵をひきいて、阿武隈川《あぶくま》をわたった。
先鋒をかって出たのは、亡き輝宗の側近で、その死に痛切な責任を感じ、恥をすすがんとしている一門の伊達成実《しげざね》、および留守政景《るすまさかげ》。
さらに、
片倉小十郎
白石宗実《しろいしむねざね》
同　重宗《しげむね》
国分盛重《こくぶんもりしげ》
原田宗時《はらだむねとき》
鬼庭左月《おにわさげつ》
らの軍勢がつづく。
本隊の政宗は、弦月《げんげつ》の前立兜《まえだてかぶと》に、鉄黒漆《てつくろうるし》の五枚胴具足をまとって馬をすすめる。
背中には、真っ赤な日輪《にちりん》の旗指物をひるがえらせている。
弦月の前立兜と日輪の旗指物は、父輝宗が、政宗誕生のさいに、
「金剛界《こんごうかい》」
「胎蔵界《たいぞうかい》」

の両界に立つ頭領たれとの願いを込め、あたえたものである。金剛とは智であり、胎蔵とは世の理《ことわり》をあらわしている。

これに対し──。

畠山方は、本宮《もとみや》、玉井《たまい》、渋川《しぶかわ》などの支城の兵をすべて引きあげ、本城の二本松城に入れて、籠城策をとった。

二本松城主は畠山義継の遺児、国王丸だが、じっさいの大将は、畠山一門の重鎮、新城弾正がつとめる。

籠城の将兵は二千余。

数にまさる伊達勢は、鯨波《とき》の声を三度上げ、大旗、小旗をなびかせつつ、二本松城へどっと攻め寄せた。

二本松城は、室町時代なかばに奥州探題を命じられた畠山満泰《みつやす》が築いた城である。畠山歴代の居城として、百四十年あまりつづいてきた。

峻険な山城で、馬蹄形《ばていけい》につらなる二つの峰のあいだに挟まれるように、御殿や家臣団の屋敷がもうけられている。さらに、谷の入口を土塁と水濠《みずぼり》でふさぐという、古式をとどめた縄張りになっていた。

伊達軍は峰の坂を駆けのぼり、塀ぎわへ迫った。

鉄砲隊が射撃をはじめるが、城内からは、弓、鉄砲で応戦してくる気配がまったくない。口を閉じた貝のように、不気味な沈黙を守っている。

（妙だ……）

政宗は使番を送り、片倉小十郎をそばに呼んだ。

「どう思う」

「敵の策ではございますまいか」

小十郎は言った。

「城方は、われらを引きつけるだけ引きつけておいてから、一度にどっと打って出て、決死の総力戦をいどむ所存にございましょう」

「死に物狂いの敵ほど、やっかいなものはないな」

「は……」

「迂闊《うかつ》に攻め込んでは、こちらの損害も大きくなろう。無益な死者を出さぬためには、いったん兵を引くべきか」

「さようにございますな」

小十郎がうなずいた。

「ただし、引くだけではおもしろくない。囮《おとり》の兵を残しておこう」

「少数の兵を城の近くに残しておけば、機至れりと見て、敵は必ず城から打って出る。そこを、たたく」

「と、申されますと？」

「なるほど……」

「どうだ」

「上策と存じます」

主従のあいだで、阿吽《あうん》の呼吸で戦略がかたまった。

「して、残留部隊には誰をお用いになられます」

「藤五郎成実しかおらぬであろう。ならぬと言っても、藤五郎は役目をかって出る。やつならば、敵の猛攻に耐え、必ずや大役を果たしおおせるはずだ」

政宗は隻眼をほそめた。

伊達軍本隊が撤退をはじめたのは、それから四半刻《しはんとき》（三十分）後のことである。

軍勢は阿武隈川をこえ、高田ヶ原まで退《ひ》き、そこを陣所とした。ただ一隊、伊達成実の手勢三百だけが、二本松城北方の伊芳田の地に踏みとどまっている。

その日の夕刻近く――。

二本松城の畠山方に動きがあった。

伊芳田の伊達成実軍が小勢で孤立していると見て、
本宮右衛門《もとみやうえもん》
氏家新兵衛《うじいえしんべえ》
ひきいる六百の勢が、城門をひらいて打って出たのだ。

若い成実は気性が激しく、勇猛な武将である。

「来たかッ！」

待っていたとばかり、突っ込んでくる敵勢に鉄砲を撃ちかけた。

地をゆるがす銃撃の応酬のあと、槍隊が突進し、さらに刀での白兵戦となった。味方に倍する畠山勢を相手に、伊達成実は一歩も退かず、果敢に戦った。

だが、畠山方も必死である。

一度は成実軍の勢いに押されかかったものの、しだいに攻勢を強め、戦いを優位にすすめだした。

なかでも箕輪玄蕃《みのわげんば》なる武勇できこえた武者が、先頭をきって馬で突っ込み、配下の兵たちが、成実のまわりをかためていた侍六、七騎を討ち取った。

ここにおよび、成実の陣は危機的状況におちいった。

そのとき——。

急使によって知らせを受けた、片倉小十郎、原田宗時、白石宗実の勢、合わせて三千余が、戦場に駆けつけた。

三千の伊達の大軍を前にしても、畠山勢は退かなかった。

一陣が退けば、二陣が迫《せ》り出し、二陣が退くや、一陣が出て戦うという、波状攻撃を繰り返した。

しかし、ときが経つにつれ、畠山方にはしだいに疲労の色が濃くなり、討ち死にする者が続出した。

追い詰められた畠山勢は、日没とともに、二本松城内へ退却。

そのさい、伊達成実は、

「大殿の敵《かたき》じゃーッ！」

大音声《だいおんじょう》でおめきつつ、城門ぎわまで迫り、敵の首を多数取った。

その日の夜半から風が出て、やがて猛烈な吹雪《ふぶき》となった。雪は翌日も、翌々日もやまず、十八日まで降りつづいた。

——十月十六日。昨夜半より大風。暁《あかつき》に至りて大雪。御働きなし。

十七日。昼夜大雪。

十八日。昼夜大雪。

と、『貞山公治家記録《ていざんこうじかきろく》』にはある。

降りつづいた大雪のせいで、山野は雪に埋もれた。深いところは胸まで、浅いところでも腰まである。

これでは、城攻めもままならない。作戦の続行は不可能であった。

二十一日、政宗は高田ヶ原の陣を引き払って小浜城へ引きあげた。

「年のうちはもはや、二本松城攻略は困難だ。残念だが、おのおの領地へもどり、兵どもを休めよ」

政宗は家臣たちに命じた。

北国では、雪に降りこめられる冬のあいだは、事実上、休戦となるのがならいである。戦いは、雪解《ど》けの春を待つしかない。

しかし──。

十一月に入り、事態は一変した。

畠山と同盟関係にある常陸の佐竹義重《よししげ》が、大軍をもよおし、

「こちらへ向かっておりますッ！」

黒脛巾組の者が、小浜城の政宗に急を知らせた。

四

「佐竹が来ただとッ！」

政宗は黒脛巾組の芭蕉《ばしょう》を睨んだ。

芭蕉が思わず背筋に寒気をおぼえたほどの、青光りする刃物めいた眼光である。

「間違いではなかろうな」

「は……」

「この雪のなかを……。佐竹軍は、いずれの道をすすんでおる」

「奥州道にござります。常陸方面に、雪は少のうござりますれば」

「須賀《すか》川あたりで、会津の蘆名勢と合流する気か」

政宗は唇を噛んだ。

南奥州はこのころ、二大勢力に分かれていた。

ひとつは、奥州統一をめざす政宗の伊達氏。政宗は、妻愛姫の実家である三春《みはる》の田《た》村《むら》氏を同盟者とし、仙道《せんどう》（現、福島県中通り地方）へ進出。急激に力をのばしていた。

そして、もう一方は、

常陸　佐竹氏

会津　蘆名氏

の連合軍である。

佐竹、蘆名連合軍の勢力は、政宗が進出している仙道にもおよび、これと激しく対立していた。

伊達軍によって落城の危機に瀕《ひん》した畠山氏が、佐竹、蘆名に来援をもとめた背景には、そうした事情がある。

しかし、奥州では軍事行動が制限される雪の季節を迎えたこともあり、

（春までは、佐竹らが動くことはあるまい……）

政宗はそう読んでいた。

その佐竹が動いた。同盟者の蘆名も、当然、連動して会津から兵を繰り出してくるだろう。

雪国の慣例に従い、二本松から兵を引いてしまった政宗の隙を見すまし、兵をもよおしてきたものと思われる。

「佐竹義重が動きましたな」

ほどなく、一報を耳にした片倉小十郎が、政宗のもとへ駆けつけてきた。

「領地へ引きあげた者たちへ、急使を差し向けまするか」

「かき集められるだけ、兵をかき集めるのだ。ことは一刻を争う」

「承知」

佐竹襲来を告げる使いが、諸方へいっせいに放たれた。

すでに領地へもどっていた者、帰国途中だった者たちが、急遽、馬を返し、雪のなかを続々と小浜城へ集結する。

そのあいだにも、黒脛巾組の者が、敵軍の動静を刻々とつたえてきた。

「佐竹義重、須賀川に陣をすすめましてございますッ！」

「白川義親《しらかわよしちか》、石川昭光《いしかわあきみつ》も、手勢《ようしよう》とともに敵陣へ参じた模様」

「岩城常隆《いわきつねたか》の勢、須賀川へ参陣」

「蘆名勢、佐竹軍と合流」

須賀川は、奥州街道の要衝である。

佐竹義重はその須賀川へ軍をすすめ、岩城大館《おおだて》城の岩城常隆、さらに白河小峰《こみね》城の白川義親、石川泉荘《いずみのしよう》の石川昭光らと合流。南仙道の諸将を動員して、決戦を挑んでくる肚《はら》づもりらしい。

佐竹、蘆名連合軍の総勢、三万。

これに対し、伊達の勢は、敵の三分の一にも満たないわずか九千。

兵数から見れば、伊達方が圧倒的に劣勢であった。

「おれの采配《さいはい》ひとつで、みちのくに十七代つづいた伊達家は滅びるな」

夜の闇に銀色の火の粉《こ》《ま》を撒き散らす篝火《かがりび》を見つめながら、政宗は言った。

「この世に滅びぬものはございませぬ」

影のように付き従う片倉小十郎が、重みのある声で低くささやく。

「おれに命をくれるか」

「むろんのこと」

小十郎はうなずき、

「将士はもとより、足軽、小者にいたるまで、思いはみな同じでありましょう」

「うむ」

主従、いずれの顔にも、怯懦《きょうだ》や迷いの色はない。

上に立つ者にいささかでも逃げの気持ちが生ずれば、そこから士気の低下がはじまり、勝負の行方を左右しかねぬことを、乱世の荒波のなかで生まれた二人の若者は本能的に知っている。

正直、

——不利ないくさだ……。

と、頭の隅《すみ》で決戦を恐れる気持ちがないでもない。

しかし、愛する父の無残な死を目の当たりにした政宗は、

（人はいつか滅びる……）

という厳然たる事実を胸に刻み、それゆえにこそ、いまある生を悔《く》いなく輝かせねばならないと決意をかためていた。

かつて、若き日の織田信長《おだのぶなが》は、わずか三千の勢をもって、今川《いまがわ》氏二万五千の大軍を、尾張桶狭間《おわりおけはざま》に打ち破った。

それを思えば、

（何ほどのことやある……）

政宗は、片倉小十郎を見た。

「戦う以上は、勝つ。勝つための策はあるか」

「敵の主力は、常陸より遠征しております。長の軍旅のうえ、仙道へ入ればこの大雪。降り積もる雪に足を取られ、兵たちはすすむほどに疲労を重ねるに相違ありませぬ」

「敵の弱点は寄せ集めの連合軍であること。数の上ではわが方が不利ですが、敵の足並みの乱れにつけ入る隙ありと」

「うむ」

「白川義親、石川昭光はもともと伊達一門、さしたる遺恨はなし。かれらにはすでに、合戦に加わらぬよう内々に話をつけてある」

　政宗は言った。

「われらは、敵を引きつけるだけ引きつけ、一気に勝負に打って出てはいかがかと」

「決戦場はいかに？」

「二本松の南、二里半（約十キロ）のところに、本宮《もとみや》城がございます」

と、片倉小十郎は差図《さしず》（地図）を広げ、

「ご覧のとおり、東を阿武隈川、南を安達太良川に囲まれた天然の要害。この本宮城に兵を入れ、北上する敵を待ち構えるのが上策でありましょう」

「雪に難儀しておれば、たしかに敵の力は半減するな」

「御意《ぎょい》」

「天が、われらに味方している」

　篝火に照らされた片頬に、政宗は不敵な笑みを刻んだ。

五

政宗ひきいる伊達軍が小浜城を発したのは、十一月十六日のことである。

冬空に暗鬱《あんうつ》な鉛色《なまりいろ》の雲が垂れ込めている。北風にまじって、時おり、さあっと小雪が舞った。

九千の軍勢のうち、政宗は千を二本松城の畠山勢に対する備えに残した。それをのぞく八千の兵が、先遣隊がカンジキで踏み固めた真っ白な雪の道をゆく。

伊達軍は、小浜城から一里離れた岩角《いわづの》城に入り、さらにその夜、一里すすんで本宮城に到着。敵の動きに目を光らせつつ、合戦準備をととのえた。

前線に放った斥候《せっこう》の知らせでは、佐竹、蘆名の連合軍は、前田沢《まえださわ》の南の原まですすみ、今夜は同所で夜営をしているらしい。

前田沢といえば、本宮からわずかに二里の距離である。敵は眼前にせまっていると言っていい。

深夜――。

政宗は一門衆、宿老たちを、本宮城本丸の陣小屋に招集した。

留守政景
白石宗実
亘理元宗《わたりもとむね》
泉田重光《いずみだしげみつ》
鬼庭左月
湯目景康《ゆのめかげやす》

ら、歴戦の将が顔をそろえる。さらに、若手ながら政宗の信頼あつい片倉小十郎、原田宗時、伊達成実が加わった。

先代輝宗の筆頭宿老として政務全般を牛耳ってきた遠藤基信《えんどうもとのぶ》は、主君を追って殉《じゅん》死《し》。同じく宿老の内馬場右衛門《うちばばうえもん》らも殉死。父輝宗の死により、伊達家では世代交代が急速に進みつつある。

「みなに言っておくことがある」

政宗は男たちを見わたした。

一同、固唾《かたず》を呑んで、あるじの面貌を見守っている。十九歳の政宗の頬は、紅《べに》を掃《は》いたように薔薇色に輝いていた。

「決戦は明日だ。生きて、もどれると思うな。臆病風に吹かれて退却した者は、この政宗が、斬る。心得ておけッ」

「………」

しんと凍りついたような空気が、軍議の席を領した。

黙り込む将たちのなかで、

「ふん」

と、鼻で笑う者があった。

七十三歳の老将、鬼庭左月である。髪を剃《そ》りあげた入道頭に黄色い綿帽子《わたぼうし》をかぶり、顎《あご》を傲岸《ごうがん》そうにそらせていた。綿帽子は、老体の坊主頭に真冬の寒風はきつかろうと、主君政宗からとくに赦《ゆる》されたものである。

左月は政宗の乳母、喜多《きた》の実父にあたる。

「何がおかしい、左月」

政宗は鬼庭左月を睨んだ。

父祖の代から戦場を駆けまわってきた老将が、おのれのやり方に文句をつけるかと思ったのである。

「おかしいのではござらぬ」

「何……」

「ただいまの殿のお言葉、腹の底から嬉しゅうて嬉しゅうて、それゆえ笑ったのでござるよ」

鬼庭左月は顔をゆがめた。その表情は、泣き笑いに近い。

「あらためて殿に申されずとも、この左月、生きて戦場からもどるつもりはござらぬ。初陣《ういじん》より六十年近く、合戦の場数を踏んでまいりましたが、いささかでも生きていい思いをしたいと、ずるすけ（怠け者）の気持ちがあったときは、必ず手痛い目にあったものにござる。逆に捨て身の心になったときこそ、道はひらけるもの」

「そうか」

「伊達軍に、ずるすけは一人もおりませぬぞ。もし、おったならば、殿が刀にかける前に、この老骨が膾《なます》に切り刻んでくれますべえ」

訛《なま》りまじりの老人の言葉に、ふっと座がなごんだ。

政宗はつづけて、

「本陣は観音堂《かんのんどう》山におく」

と、宣言した。

観音堂山は、本宮城の西、安達太良川をわたったところにある。古い観音堂がまつられた小高い山の上からは、草地が広がる青田ヶ原を見下ろすことができた。

むろん、真冬のいまは、一面の雪におおわれている。

前田沢から北上し、青田ヶ原に侵入してくる敵を、

「山から駆け下り、一気にたたく」

火の気のない陣小屋に、政宗は凜々《りんりん》と声を響かせた。

先鋒は、七宮憲光《のりみつ》、泉田重光が指名された。

中備えは白石宗実、浜田景隆《はまだかげたか》、留守政景、原田宗時、亘理元宗、同重宗《しげむね》。

鬼庭左月、片倉小十郎は、本陣の守備。

後陣には、国分盛重《こくぶんもりしげ》。

阿武隈川岸の高倉城には、桑折宗長《こおりむねなが》、富塚宗綱《とみづかむねつな》、伊東重信《いとうしげのぶ》の隊が、鉄砲足軽三百とともに入り、敵勢を攪乱《かくらん》することとする。

伊達成実は瀬戸川館《せとかわだて》に入り、遊軍として敵の側面を衝《つ》くことが取り決められた。

政宗は片倉小十郎と相談のうえ、伊達家と友好関係にある安房《あわ》国の里見義頼《さとみよしより》に、

「佐竹が留守にしている本城の太田《おおた》城を、背後から襲っていただきたい」

と、使いを送ってある。

ただし、事態が急であったために、使者が間に合うかどうかわからず、そのことでかえって将たちの士気が鈍《にぶ》ることを恐れ、あえて援軍要請の事実は伏せた。

一門、宿老たちが、それぞれの持ち場に散った。

政宗は軍装のまま仮眠をとろうとしたが、寒さと興奮のために、目が冴えて眠れない。鼻の先が、つららのように冷たくなっていた。

（打てるだけの手は、すべて打ったか……）

闇を見つめながら、政宗は自問自答した。

勝ちたい。

みちのくを制し、天下へ打って出るために、何としても、この戦いに勝って道をひらきたい。

（八幡大神、月山《がっさん》、羽黒《はぐろ》、湯殿《ゆどの》の三所権現よ……）

鎌倉御家人の流れを汲《く》む伊達家の神、そしておのれの守り神に念じた。

強く、深く念じたとき、頭に閃光《せんこう》のごとくひらめくものがあった。

政宗は起き上がるや、

「黒脛巾組の者を呼べッ！」

するどく叫んだ。

すぐに、黒脛巾組の太宰金七《だざいかねしち》と芭蕉がやって来た。廊下に片膝をついて頭を垂れる。

「すでに前線へ散りましてございます。われらも、斥候に出るところでございました」

「ほかの者どもは？」

太宰金七が言った。

「もはや、斥候はいらぬ」

「そのほうどもには、ほかの役目をあたえる」

「は……」

「何なりと」

黒い影のように身じろぎひとつせぬ太宰金七に、

「首を取れ」

政宗は言った。

金七がかすかに目を上げた。

「首とは、佐竹義重の首にございますか」

「ちがう」

「されば……」

「佐竹軍の知恵袋、小野崎義昌《おのざきよしまさ》の首を取ってまいれ」

政宗は命じた。

小野崎義昌は、佐竹の一族で、義重の叔父にあたる。知勇にすぐれ、佐竹軍の参謀といっていい存在だった。軍勢のじっさいの指揮は、義重に代わり義昌がとっているという、もっぱらの噂である。

（軍師を失えば、敵の足並みは確実に乱れる……）

政宗は、そう読んだ。

うまくいくかどうかは、わからない。いや、十にひとつも成功の見込みはないであろう。

だが、勝利への執念を捨てた者に、幸運がおとずれることはない。運はみずからの手でつかみ取るものだと、政宗は信じた。

「わかったな」

「はッ」

「伊達家の運命は、そのほうどもの働きにかかっている」

「われらが命にかえても」

短く叫ぶや、二人は闇に消えた。

（天がこの政宗を必要とするなら、必ず勝てる……）

六

暁闇《ぎょうあん》のうちに――。
政宗は本宮城を出て、観音堂山に本陣をしいた。
八幡大神旗
勝色旗《かちいろばた》
白地赤日ノ丸旗
師ノ卦旗
四本の本陣旗が、山頂を吹きすさぶ風にたなびく。
東の空がしらじらと明けはじめている。
眼下に、雪におおわれた青田ヶ原を見下ろすことができた。
先月の大雪から日がたち、ところどころ地面が黒く剝き出しになっている場所もある。だが、深いところでは、まだ膝の下くらいまでは積もっていた。
「敵勢の動きは？」
床几《しょうぎ》に腰をすえた政宗は、片倉小十郎に問うた。

「こちらへ向け、すでに進軍を開始しているとの知らせにございます」

「よし」

政宗は待った。

やがて、冬のうすら陽が雪の野を照らすころになり、かなたに敵勢の影が見えはじめた。伊達軍の三倍以上の大軍勢である。

観音堂山から見ると、敵の布陣が手に取るようによくわかった。

佐竹、蘆名の連合軍は、軍勢を三手に分けている。

高倉城に近い右翼に、岩城、白川、石川氏らの諸隊。左翼の奥州街道ぞいに、佐竹、蘆名の主力軍。さらに中央を遊軍が、色とりどりの軍旗を押し立てながら粛々《しゆくしゆく》とすすんでくる。

雪に足を取られているためか、動きはそう早くない。

「敵は鶴翼《かくよく》の陣で、つつみ込むように攻め込んでくる所存にございますな」

小十郎が言った。

「数でまさっている以上、それが常道だろう。わが方は、瀬戸川の人取橋《ひととりばし》付近に勢を集中させ、敵本陣めがけキリのごとく攻め込むしかない」

政宗は雪原を凝視《ぎようし》した。

戦いの火蓋は、高倉城の守備兵と敵軍右翼の岩城勢のあいだで切って落とされた。岩城勢が、高倉城を素どおりし、観音堂山の政宗本陣に直進した。後続の白川、石川勢は政宗と内応しているため動かないが、岩城勢は意気盛んである。

「殿の御本陣が危ないッ！」

高倉城の守将のひとり伊東重信が、足軽鉄砲隊に一斉射撃を命じた。

白煙が上がり、あたりに硝煙の臭いが立ちこめた。

銃撃のあと、高倉城の城門がひらき、喊声《かんせい》とともに伊東重信ひきいる馬上侍三十騎、徒士侍《かちざむらい》二十余名が打って出た。

激しい斬り込みに、岩城勢は隊列を乱した。

が、すぐに態勢を立て直し、これに応戦。数にものをいわせて逆に伊東勢を取り囲み、押し気味に戦いをすすめた。

奥州街道ぞいの佐竹、蘆名の主力軍には、伊達軍先鋒の泉田重光の隊がぶつかった。

「すすめ、すすめーッ！」

黒糸縅《くろいとおどし》の当世具足を着た泉田重光は、敵の真っただなかへ突っ込んだ。

雪が踏み散らされ、血に染まった。

闘諍《とうじょう》の音、男たちの雄叫《おたけ》びが、野にこだまする。

政宗はいまだ、観音堂山にいる。

「泉田勢が押されておりまするぞ」

本陣の鬼庭左月が、老人らしくせっかちな口調で言った。

「わかっている」

「われらにも、出陣のご命令を」

「いや、まだだ」

そのあいだにも、数にまさる敵勢はつぎつぎと新手の兵を繰り出し、伊達勢を圧倒してくる。泉田の軍勢は一方的に押しまくられ、瀬戸川にかかる人取橋まで後退した。

人取橋から観音堂山の本陣まで、わずか十五町（約一・六キロ）。

「人取橋で防げッ！」

大音声《だいおんじょう》を発し、政宗は金色の采配《さいはい》を振るった。

中備えの白石宗実、浜田景隆、留守政景、原田宗時、亘理元宗、同重宗らの諸隊が、どっと繰り出した。

人取橋をはさんで、伊達軍が押し出せば佐竹、蘆名軍が引き、また佐竹らが勢いを盛り返せば、伊達方が橋を死守せんものと捨て身の戦いを展開した。

激しい攻防戦が、一刻《いっとき》近くつづいた。

やがて、寡勢の伊達軍がじりじりと人取橋から押されはじめる。

それを見ていた鬼庭左月が、

「殿ッ！」

もはや我慢ならぬといったように、黄色い綿帽子の頭を振り立てて叫んだ。

政宗は、ゆっくりと床几から立ち上がった。

青光りする独眼で天を睨《にら》むや、

「われらもゆくぞッ！」

みちのくの山野に響きわたるように、雄叫びを上げた。

片倉小十郎隊、鬼庭左月隊、そして大将政宗の本隊が、なだれ落ちる滝のごとく観音堂山を駆け下る。

「かかれーッ！」

なぜか、視野が広く、あざやかに見えた。

高倉城から打って出た伊東重信隊の苦戦のようす、橋を奪われまいと必死に踏みとどまる白石宗実、留守政景らの悲愴な働き、嵩《かさ》にかかって攻めかかる佐竹、蘆名兵のたかぶった表情までが、遠眼鏡《とおめがね》をのぞき込むようによく見える。

政宗は大身の槍をわきに抱え、敵味方入り乱れる戦場へおどり込んだ。

遠目にも、きわ立って見える若鷲のごとき姿に、

「あれが敵の大将ぞッ！」

佐竹、蘆名の勢が、どっと押し寄せてくる。

矢弾が飛び交った。銃弾が伊予札《いよざね》の具足をかすめ、流れ矢が鞍《くら》の前輪に突き刺さる。

それでも、政宗は退《ひ》かなかった。

（退いたらおわりだ……）

まっしぐらに突きすすむことしか考えなかった。大身の槍を振るい、周囲にむらがる雑兵《ぞうひょう》をなぎ払った。

大将の凄まじい気合いに、全軍が奮い立った。

しかし、数の上での劣勢は如何《いかん》ともしがたい。

そのころ――。

瀬戸川館の伊達成実も、人取橋の主戦場へ駆けつけるべく千人の配下をひきい、目の前に立ちふさがる蘆名の別働隊と戦っていた。

「殿ッ、殿ーッ！」

成実は声をかぎりに叫んだ。

気ばかり焦るが、蘆名の猛攻の前に動きがとれない。

（くそッ！　大殿さまにつづき、殿まで失ってたまるか）

成実は、先日の輝宗拉致殺害の責任を感じている。それだけに、思いはいっそう悲痛だった。猛然と槍を振りまわし、血路をひらこうと奮戦した。

空に、青鈍色《あおにび》の重い雲が広がりだしている。

七

冬の短い陽が、西に傾きだした。

戦況は、相変わらず、佐竹、蘆名連合軍が優勢である。

寡勢の伊達軍もよく戦ってはいるが、防衛線の人取橋から後退を余儀なくされ、大将の政宗自身も、いつしか観音堂山の中腹まで追い上げられていた。

「まだまだ、もう一度押し返すぞッ！」

政宗は味方を叱咤《しった》した。

負けるとは思っていない。

乱戦のなかで五発の銃弾を被弾し、矢を受けながらも、政宗はなお意気軒昂《けんこう》だった。鉄と革を一枚交ぜにした堅牢な伊予札の具足ゆえ、矢弾は貫通していない。

それでも、さすがに息が切れた。大身の槍を握る手が、ぬるぬると血汐《ちしお》にそまっている。

槍をかまえ直して振り返ると、

「殿、退きどきでござりますぞッ！」

馬上で叫ぶ者があった。

鬼庭左月である。歴戦の老将の顔にも、疲労の色が濃い。

「ばかを申せッ。退く奴は、このおれが斬ると言ったはずだ」

政宗は左月を睨んだ。

「いや、いまは退くべきときじゃ」

「何をッ……」

「意地になってはなりませぬぞ。大勢の敵を相手に、殿はここまでよく戦った。立派に五分の戦いじゃ」

「なればこそ、徹底的に敵を叩かねばならぬのではないか。五分に戦っても、勝たねば意味はない」

「さようなことはござらぬ」

槍で突っかかってきた雑兵を斬り払い、左月は荒い息をついた。

「まもなく、日没じゃ。今日のいくさは、引き分けておくことが大事。大軍で攻めかかってきた相手にとって、引き分けは負けも同じ。われらにとっては、勝ちも同然」

「引き分けが勝ちか……」

「世間の者は、そう見まする。それゆえ、ここで退いても、ずるすけにはならぬ。殿の武勇は、天下に鳴り響きましょうぞ」

「…………」

「殿は本宮城へ退かれませ。味方の損害が、これ以上大きくならぬうちに、早く」

「わかった」

政宗はうなずいた。

戦場で多くの経験を積んできた者の言葉には、道理がある。

ひとつの物事をつらぬく意志の強さも大事だが、危機にさいして機敏に頭を切りかえる柔軟さを持つのも、大将たる者の条件かもしれない。

「されば、退く」

「それでこそ、わが御大将」

左月が笑った。

「さ、行かれませ。わしはここに踏みとどまり、殿が本宮城に入るまで、敵を食い止めておきますれば」

「左月……」

「はッ」

「殿軍《しんがり》は、そなたにまかせたぞ」

政宗は腰に差していた金色の采配を、鬼庭左月に手渡した。

「しかと、引き受けました」

殿軍をかって出た鬼庭左月は、手勢六十騎とともに、敵の真っただなかへ馬を乗り入れていった。

政宗は振り返らず、風のなかを本宮城へ向かってひた走った。

伊達の本隊が撤収していくあいだ、戦場に残った鬼庭左月の隊は、かかっては退き、退いてはかかる、

——懸《かか》り引き
の戦法をもちいて敵を翻弄《ほんろう》。追撃しようとする佐竹、蘆名連合軍を足止めした。

老体の左月は、重い兜《かぶと》を嫌って、小具足《こぐそく》姿に黄色の綿帽子をつけただけの軽装である。それが、戦場に敵をあざ笑うかのように躍り、駆けめぐった。

「あの黄色い綿帽子を狙えッ！」

敵の足軽頭《がしら》がおめいた。

五十挺の鉄砲が、鬼庭左月を狙い撃ちした。

左月は全身に十数発の銃弾を浴び、のけぞるように馬から転げ落ちて、壮絶な討ち死にを遂げた。

左月を慕《した》っていた青侍が、

「敵に屍《しかばね》を渡すものかやッ」

と、命がけで敵中へ飛び込み、老将の亡骸を伊達の陣へ持ち帰った。

陽が没し、激闘の一日は終わりを告げた。

討ち死にした将兵は、佐竹、蘆名連合軍が九百六十一名。一方の伊達軍は、四百二十六名。

世に、

――人取橋の戦い
と呼ばれる合戦である。

本宮城にもどった政宗は、みずからの傷の手当もそこそこに、疲れきった兵たちをねぎらい、酒をふるまった。

また、瀬戸川館にいる伊達成実に感状を送って働きを褒《ほ》め、本宮城に呼び寄せて、

「明日の戦いでは、留守政景とともに先陣をつとめよ」

と、命じた。

今日のところは、劣勢に耐えながら、総力を振りしぼって、どうにか引き分けに持ち込んだ。

——大軍で攻めかかってきた相手にとって、引き分けは負けも同じ。われらにとっては、勝ちも同然……。

という、鬼庭左月の言葉が胸によみがえった。

まさに、そのとおりであった。敵将の佐竹義重は、いまごろ悔《くや》しさに唇を嚙んでいることだろう。

（そなたのおかげで、おれはいくさの奥深さを学んだ……）

老将の亡骸に向かって、政宗は傷だらけの手を合わせた。

しかし、佐竹、蘆名との合戦はまだ終わったわけではない。

（明日がまことの戦いだ）

政宗は気を引きしめた。

第三章　会津《あいづ》攻略

一

虫の音《ね》が庭に満ちている。
萩《はぎ》
桔梗《ききょう》
女郎花《おみなえし》
色とりどりの秋草が咲き乱れる、米沢《よねざわ》城本丸御殿の庭である。
すずしげな虫の音にまじり、御殿の奥の間から女の喘《あえ》ぎ声がこぼれてきた。
「もう、お赦しを……」
「ならぬ、愛《めご》。小浜《おばま》の城にいても、戦陣にいても、一日としてそなたを想わぬ日はなかった」

女の上にのしかかり、荒々しくその身をもとめているのは伊達家当主の政宗である。

女は、妻の愛姫。

白絹の帷子《かたびら》がはだけられ、夫の前に白い裸身をあますところなくさらしている。

婚礼のとき、十三歳と十一歳の幼さだった夫と妻は、いまや筋骨たくましい二十歳の若武者と、十八歳の匂うように美しい若妻に成長していた。

「もっと開け。そう、もっとだ」

「いや……」

政宗は、恥じらう妻の白く伸びやかな脚をぐいとひらかせ、股間の茂みの奥に顔をうずめた。

「あッ」

愛姫の眉間に、淡い翳《かげ》が刻まれた。

(生きている……)

花びらのあいだの蜜を吸い、その匂いを嗅《か》いでいるうちに、政宗の五体に充実した実感が満ちてきた。

「愛、おれは生きているぞ」

政宗は濡れた唇を股間から離すと、欲望のままに、黒髪を乱して身もだえする妻の腰を抱き寄せた。

深く、腰を沈めた。

（おれは生きている。生き抜いて、ここにある……）

戦慄が、背筋を駆けのぼった。

その悪寒《おかん》にも似た感覚は、戦場で大身の槍を振るい、敵の脇腹を刺しつらぬいたときの、あの奇妙な高揚感とよく似ているかもしれない。

妻の体を激しく攻め立てながら、

（あのとき……）

政宗は昨冬の、佐竹《さたけ》、蘆名《あしな》連合軍との決戦のことを、どこか一点、冷めきった頭のすみで思い出していた。

人取橋《ひととりばし》の攻防では、引き分けに持ち込んだ伊達軍であったが、夜になって陣へ引きあげたとき、兵たちはぼろ屑《くず》のように疲れきっていた。

「明日は勝つぞッ！」

政宗はじめ、全軍の士気はきわめて高かったが、圧倒的に数でまさる佐竹、蘆名勢とふたたび戦って、これに勝利できるという保証はどこにもなかった。

むしろ、敵がひた押しに押してくれれば、伊達軍はまず間違いなく総崩れの危機に瀕《ひん》していた。

（あの青田ヶ原で、雪と泥にまみれて死んでいたはずの身だ……）

政宗は腰の動きを速めた。

愛姫の喘ぎが、ほとんど悲鳴に近くなる。

なぜ、おのれは生き抜くことができたのか——。

あのときのことを思うと、政宗はいまも、自分が夢のつづきのなかにいるような気分になる。

眠れぬ夜を過ごし、戦いの朝を迎えたとき、本宮《もとみや》城の政宗のもとに、斥候《せっこう》が驚嘆すべき知らせをもたらした。

「敵がおりませぬッ！」

「…………」

「青田ヶ原の陣から、敵勢の姿がことごとく消え失《う》せているのでございます」

政宗はさっそく、真偽を調べさせた。

すると、斥候の報告は、まぎれもない事実であることがわかった。佐竹、蘆名の連合軍は、夜明け前に陣を引きはらい、帰国の途についたというのである。

（信じられぬ……）

誰もが、キツネにつままれたような顔つきになった。

事情はあとでわかった。

政宗が事前に援軍を頼んでおいた、常陸水戸《ひたちみと》城主の江戸重通《えどしげみち》、安房岡本《あわおかもと》城主の里見《さとみ》義頼《よしより》が、佐竹氏の本拠、常陸太田《おおた》城を襲い、それを知った佐竹義重《よししげ》があわてて軍を返したのだった。

さらにもうひとつ、敵軍を浮足立たせる事態が起きていた。

連合軍の実質的な指揮をとる参謀の小野崎義昌《おのざきよしまさ》が、陣中、何者かの手によって殺害されたのだ。

佐竹軍には、

「馬の手入れを叱責《しっせき》された家僕が、逆恨《さかうら》みして義昌どのを殺《あや》めた」

という噂が、まことしやかに囁《ささや》かれた。

佐竹家の事蹟を書いた『佐竹家譜』にも、そうしるされている。

しかし、じっさいは、政宗の秘命を受けた黒脛巾《くろはばき》組の者どもが、小野崎義昌が仮眠を取っていた隙を狙い、刺殺したというのが真相であった。

佐竹家では、兵たちの士気を考え、参謀役が敵の諜者に暗殺されたという事実を伏せたのだろう。

ともあれ、危機は去った。

この戦いで、政宗が得たものは大きい。

何より、

「三万余の佐竹、蘆名勢を相手に、若き伊達の当主が、わずか八千の兵をひきいて互角の勝負をした」

「知勇兼ねそなえた佐竹の鬼義重を相手に、一歩も退かず、よくぞ撤退させたものだ。政宗とは、すえ恐ろしい男よ」

との評判が響きわたった。

奥州の武将たちは、政宗をそれまでとは違う畏怖《いふ》の目で見るようになった。

豊臣秀吉《とよとみひでよし》
徳川家康《とくがわいえやす》

といった、天下の実力者たちのあいだで、伊達政宗の名が意識されるようになるのも、じつに、この人取橋の合戦をさかいにしてといっていい。

佐竹、蘆名軍の撤退後、小浜城で一冬をすごした政宗は、翌天正十四年（一五八六）春、二本松城畠山氏の攻略を再開した。

城攻めに先立ち、政宗は関東の雄、相州小田原《そうしゅうおだわら》城の、

——北条氏直《ほうじょううじなお》

と、同盟を結んだ。

常陸の佐竹氏に背後から圧力をかけ、行動を起こさせぬためである。

伊達軍は満を持して、二本松城を取り囲んだ。

七月になり、敗北をさとった畠山国王丸《くにおうまる》は、城に火を放って脱出。蘆名氏を頼って会津へ逃れた。

（父上の無念、晴らしましたぞ……）

二本松城を陥《おとしい》れた政宗は、論功行賞をおこなった。

畠山氏が去ったあとの二本松城は、伊達成実《しげざね》にまかせた。それまで成実がいた大森《おおもり》城に、側近の片倉小十郎《かたくらこじゅうろう》を、宮森《みやもり》城には白石宗実《しろいしむねざね》、小手森《おてのもり》城には妻愛姫の実家、田村家の重臣石川弾正《いしかわだんじょう》をそれぞれ入れた。

戦後処理をおえた政宗が、本城の米沢城に帰還を果たしたのは、八月初旬。みちの

くには、すでに秋風が吹きはじめていた。

もどるなり、政宗は一年ぶりに再会した愛姫の体を烈《はげ》しくもとめた。男が生きていることの実感をたしかめるには、闘諍《とうじょう》に身をゆだねるか、女のなかにおのれを深々と刻みつけるしかない。

二

明け方近く目覚めた愛姫は、ふしどを抜け出し、厠《かわや》へ立った。

ひたひたと廊下を踏む素足が冷たい。

用を足し、縁側の手水鉢《ちょうずばち》の前にかがみ込んだ。

三春城から嫁いできたとき、夫の政宗は伏し目がちな、どこかに孤独と憂鬱の翳《かげ》を宿した寡黙《かもく》な少年だった。

寡黙の理由は、やがてわかった。

政宗の母、すなわち愛姫には姑《しゅうとめ》にあたる義姫が、

(政宗さまのことを嫌《きろ》うておられる……)

他家から嫁にきた愛姫の目にも、政宗とその母の、情のかよわぬ冷えびえとした関

係は異常に映った。

不幸なことに、夫の政宗は、母の手のぬくもりを知らずに育ったらしい。

姑の義姫は、美しい。

しかし、それは蔵王《ざおう》の白い峻険《しゅんけん》な嶺《みね》のような、他をよせつけぬ美しさで、子供が母にもとめる肌のぬくもりに満ちた美しさではなかった。

母親への不信から、政宗がおんなと距離を置き、冷めた目で妻の自分を眺《なが》めているような気がした。

（あの方は、わたくしを信じていない。口ではいとおしいと言いながら、もとめるのはいつも体だけ……。心から打ち解《と》けあって、話をしたことは一度もない）

この米沢城で、愛姫は孤独だった。

淋しい、寄るべのない、扁舟《へんしゅう》のようだった。

姑の義姫はむろん、可愛がってもおらぬ息子の嫁に冷たい。唯一、愛姫に気遣《きづか》いをしてくれたのは舅《しゅうと》の輝宗だったが、その輝宗も、昨年の畠山義継による拉致事件によって非業《ひごう》の死を遂《と》げた。

城中での話し相手といえば、三春から従ってきた侍女の松島《まつしま》だけであった。

「一日も早く、お世継ぎの男子をお生みなさることです。女が嫁ぎ先で居場所をつくるには、それしかございませぬ」

「子をつくることだけが、夫婦《めおと》の仕事なのですか」

「そうは申してはおりませぬ。まず、子をなしてこそ、嫁は一人前とみとめられるのです。それに、姫さまが和子《わこ》をお生みにならぬかぎり、田村のお家は絶えてしまいまする」

松島の言うとおりであった。

愛姫の実家、三春の田村家には、跡取りの男子がいない。当主の田村清顕《きよあき》にとっては、愛姫がたったひとりの娘で、政宗とのあいだに二人目の男子が誕生したあかつきには、その子を田村家の嗣子《しし》として迎える約束になっていた。

しかし、嫁して七年、愛姫には懐妊の気配すらない。

昨年の冬、父の清顕が病に倒れた。

大事な人取橋のいくさに駆けつけることもできず、代わりに重臣の石川弾正を政宗のもとへ差し向けた。いまも、清顕は床に臥《ふ》せったきりである。

(父上にもしものことがあれば……)

水の上で頼りなく揺れる笹舟のような不安のなかで、愛姫は帰還した夫を迎えた。

政宗の行為は烈しかった。

これまでに経験したこともなかったほど、たけだけしく、荒々しく、飽くことなく体をもとめた。

何かが、奔流《ほんりゅう》となって自分のなかへ流れ込んできた。

熱い男の、

――命
のようなものかもしれない。

（もっと、あの方を知りたい。体だけでなく、言葉で、心のうちを語り合いたい）

なぜか、涙がにじんだ。

夫婦でありながら、政宗と愛姫にはあまりに時間《とき》がなかった。夫の冴えた独眼は、妻の自分ではなく、つねにかなたの地平を見ている。

（淋しい……）

愛姫が、小さなため息をついて立ち上がろうとしたとき、

「これをお使い下されませ」

わきから、懐紙を差し出す者があった。

「喜多《きた》どの……」

「昨夜は、おつとめご苦労さまにございましたな」

「…………」

愛姫は、顔の皮が冷たくなるような気持ちになった。

身をかたくする愛姫の胸から細い腰のあたりを、針で突き刺すような女の細い目がするどく見つめた。

片倉喜多——。

政宗の乳母である。

先だってのいくさで壮烈な戦死を遂げた老将、鬼庭左月《おにわさげつ》の娘で、政宗の側近片倉小十郎の父違いの姉にあたる。

喜多の母は最初、鬼庭左月に嫁ぎ、彼女を生んだ。しかし、側室のほうに男子（綱元《つなもと》）ができたため、腹をたてて鬼庭家を去った。悋気《りんき》の強い女性だったのだろう。

その後、喜多を連れて、高畠《たかはた》の安久津《あくつ》八幡神社の神官、片倉式部《しきぶ》のもとへ再嫁し、生まれたのが小十郎だった。

猛将とうたわれた鬼庭左月の血を引くだけあって、喜多は娘時代から男まさりの女傑で、文武両道に通じ、四書五経のみならず、兵書を好んで読んだ。

先代の輝宗は、彼女の才を見込み、伊達家の将来を背負って立つ嫡子《ちゃくし》政宗の乳母に指名した。弟の片倉小十郎が政宗の傅役《もりやく》になったのも、喜多の縁である。

喜多は、独眼ゆえの劣等感を抱えていた幼い政宗をはげまし、あらんかぎりの愛情をそそいで育て上げた。

逸話がある。

あるとき、片倉小十郎が、四人扶持《ぶち》金二両という薄給に嫌気がさし、さらなる立身出世をもとめて諸国流浪《るろう》の旅に出ようとしたことがあった。

そのとき、喜多は、

「そなたは利のために生きているのか。高禄のためなら、どのようなあるじにでも仕えるというのか。目先の利によってあるじをもとめる者は、いつか利のためにあるじに切られることになる。もっと広く大きな目で、世間を見よ」

と、語気烈しく弟に詰め寄った。

みちのくという狭い世界にあきたらず、自分の能力を活《い》かせる新天地をもとめていた小十郎であったが、姉の言葉に、

（政宗さまを大きな武将に育て、ともに天下へ乗り出そう……）

と、決意をあらためた。

そうした女である。

四十なかばを過ぎる今日まで、夫も持たず、ひたすら政宗ひとすじに命を懸けてい

た。たんなる乳母というより、誇り高い古武士のごとき風格が喜多にはあった。

彼女の実父の鬼庭左月が名誉の戦死を遂げたこともあり、政宗は近ごろますます、喜多を重んじるようになっている。

妻の愛姫にしてみれば、

義姫

喜多

という、型の異なる二人の手ごわい姑が、ひとつの城に同居しているようなものであった。

「子づくりにお励みなされるのは、たいへん結構なことでございます」

愛姫の目を見すえて喜多が言った。

色香のかけらもない、目が細く、鼻と口の造作《ぞうさく》のばかに大きな、偏平な顔である。額《ひたい》が、ひどく広い。

若いときから武芸の鍛錬を重ねているせいか、腕も、腰も、男のように太く、堂々とたくましかった。

「されど、政宗さまは伊達家をひきいる大事な御身。ご荒淫は、ほどほどにして下さらねば」

「申しわけありませぬ」

昨夜の声が、喜多の耳にも届いていたのかと思い、愛姫は白い瓜実顔《うりざね》をあからめた。

「わかって下さればよろしいのです。過ぎたる荒淫は、かえって子づくりに差し障《さわ》りがあるとも申します。今後は、お気をつけ下されますように」

「はい……」

「それと」

喜多が上目づかいで、さらに何か言おうとしたとき、寝間の板戸が内側から勢いよくあいた。

ぱりっとよく糊《のり》のきいた飛鶴《とびづる》模様の上布《じょうふ》の小袖に、鹿革の袴《はかま》をはいた政宗が奥から出てきた。

喜多が、とっさにひざまずいた。

愛姫もあわてて身を引き、小腰をかがめて頭を下げた。

「出てくるぞッ」

低いがよく響く声で、政宗が叫んだ。

「どちらへ」

喜多が聞いた。

「夏刈《なつがり》だ」

「資福《しふく》寺の和尚《おしよう》さまのもとでございますか」

「うむ」

「朝餉《あさげ》はどうなさいます」

「いらぬ」

喜多が庭へ飛び下りた。

素足のまま、政宗のわらじをふところから取り出し、きびきびと縁側の沓《くつ》ぬぎに用意する。

わらじを履いて、政宗は厩《うまや》へ向かった。

朝露にぬれた苔《こけ》を踏みしめ、遠ざかっていく夫の背中を、愛姫はほおずきを噛むような物哀しい気持ちで見送った。

三

政宗は厩から引き出した鴾毛斑《つきげぶち》にまたがった。

戦場では、尻が大きく頑健《がんけん》な黒鹿毛《くろかげ》を愛用するが、平時の遠駆けには、脚が長く、野を翔ぶように走る姿の優美な鴾毛斑を使う。

黒鹿毛には大黒《おおぐろ》、鴾毛斑には小枝《さえだ》という名をつけていた。

「開門ッ！」

政宗の叫びに、番士が城門をひらいた。

秋の長夜が明けはじめている。

薄い水色の空が、やがて黄金の朝焼けに染まった。

風は冷たい。

昨夜の営みの火照《ほて》りが残る体に、清新な息吹《いぶき》が吹き込まれるようである。

政宗は馬の尻を平手でたたいた。

米沢の城下は、南に吾妻《あづま》山をのぞみ、東は奥羽《おうう》の連山、西は笹野《ささの》山地と、三方を屏風《びょうぶ》のような山並みに囲まれている。北側にひらけた扇状地《せんじょうち》を、松《まつ》川（最上《もがみ》川の上流）の清冽《せいれつ》な流れが洗っていた。

戦国時代、この地を領したのは、伊達氏十五代の晴宗《はるむね》である。

晴宗はそれまでの高畠から、要害の地である米沢へ本拠を移した。以後、輝宗、政宗と三代にわたって、伊達氏は米沢城を本城としてきた。
城といっても、畿内《きない》にあるような高石垣、白壁の壮大な近世城郭ではない。一重の水濠と土塁の内側に、本丸、二ノ丸があるだけの、檜皮葺《ひわだぶ》きの簡素な城館だ。
水濠のまわりには、伊達家の一門、重臣たちの屋敷が建ち並んでおり、その外側に、町人の住む、
大《おお》町
立《たつ》町
粡《あら》町
柳《やなぎ》町
東《ひがし》町
南《みなみ》町
の六町がひろがっていた。
伊達五山などの寺院は、防衛上の配慮から、町人町の外側におかれていた。
しかし、政宗がたずねようとしている資福寺は、城下の寺町にはない。
米沢から三里（約十二キロ）北の、
——夏刈

なる里にある。

夏刈は松川の岸辺にあり、川風がたえず吹きわたる爽涼とした土地だった。夏がことに暑い米沢盆地にあって、過ごしやすいところといえる。

資福寺は、鎌倉時代、この地方の地頭であった長井《ながい》氏が創建した禅刹《ぜんさつ》で、出羽における臨済《りんざい》禅の中心となっていた。

伊達氏が置賜《おきたま》地方を勢力下におさめてからは、その庇護《ひご》下に入り、いまは政宗の師僧虎哉宗乙《こさいそういつ》が住持をつとめている。

朝露に濡れる野を駆けとおした政宗は、夏刈の里のはずれにある資福寺の門前で馬を止めた。

堂々たる伽藍《がらん》の寺である。

山門をくぐると、杉木立にかこまれた境内《けいだい》に、方丈《ほうじょう》、庫裡《くり》、大書院、小書院、衆寮、鐘楼《しょうろう》などが建ち並び、禅刹らしい静謐《せいひつ》な雰囲気をただよわせていた。

政宗は案内を乞《こ》わず、虎哉のいる方丈へまっすぐ足を向けた。

幼少のころ、学問を習いにしばしば通った寺である。勝手は知りつくしている。

「師僧ッ」

声高《こわだか》に呼ばわるまでもなく、虎哉は方丈の奥に巌《いわお》のごとく端座していた。

「まいられたか」

虎哉が目を上げた。

虎哉のかたわらに、先客がいた。鶴のように痩《や》せた体に、墨染《すみぞめ》の衣を着た三十なかばの僧侶である。

「この者は会津興徳寺《あいづこうとくじ》の住持、心安宗可《しんあんそうか》にござります」

虎哉宗乙が、僧侶を政宗に引き会わせた。

「興徳寺の住持とな」

政宗は一瞬、警戒するような表情をした。

「はい」

虎哉はうなずき、

「心安は、先ごろまで興徳寺の住持であったわが同門、大蟲宗岑《だいちゆうそうぎん》の弟子。下総国分《しもうさこくぶ》氏の招きを受けて会津を去った大蟲に代わり、興徳寺をあずかっているのでございます」

「お見知りおきを」

心安宗可が、政宗に向かって頭を下げた。

虎哉らが所属する妙心寺《みようしん》派では、諸国の大名に招かれて、その相談相手になる者が多く、戦国乱世のなかで寺勢を飛躍的に拡大させている。

駿河今川家《するがいまがわ》　太原雪斎《たいげんせっさい》
尾張織田家《おわりおだ》　沢彦宗恩《たくげんそうおん》
甲斐武田家《かいたけだ》　快川紹喜《かいせんじょうき》

など、たんなる僧侶というより、他国との政治交渉をこなす外交官、あるいは戦国大名の陰の軍師ともいうべき、有能な人材を輩出した。

このうち、虎哉と大蟲の師匠筋にあたる快川紹喜は、武田信玄《しんげん》との親密な交友で知られる。

信玄の絶大な信頼を得た快川は、武田家の菩提《ぼだい》寺恵林《えりん》寺の住持となり、

――風林火山

の本陣旗を揮毫《きごう》。信玄亡きあとも、退潮いちじるしい武田家を支援しつづけ、最後は甲斐へ攻め寄せた織田軍によって、恵林寺山門上で生きながら焼き殺されたという気骨の人であった。

快川にかぎらず、妙心寺派の僧侶は戦国大名と深く結びついている。

快川の弟子の虎哉は伊達家、大蟲は蘆名家にそれぞれ招かれ、独自の政治活動をおこなっていた。

政宗は蘆名氏と、昨年、人取橋で激戦を演じている。すなわち、蘆名氏菩提寺の興徳寺の者は、敵方といっていい。

心安が興徳寺の住持と聞いて、政宗が表情を変えたのは、そのためだった。

「蘆名方の禅僧が、なぜここにいる」

政宗は厳しい顔つきのまま、虎哉に問うた。

「われら妙心寺派の僧侶は、領国を越えてたがいに行き来し、情報のやり取りなどをしております る」

「師僧は、わが伊達家の内情を、この者に洩らしたのか」

政宗が睨《にら》むと、虎哉《だ》は太く笑い、

「花に逢えば花を打し、月に逢えば月に打すと申します。禅に生きる者は、つねに森《しん》羅万象《らばんしょう》と一体、何ものにも縛られぬ自由な境涯におりますれば」

「答えになっておらぬ」

「伊達家には、内輪《うちわ》の秘密などありますまい」

「…………」

「じつは、心安は蘆名家の将来《ゆくすえ》にゆゆしき懸念《けねん》あるにつき、愚僧のもとへ、わざわざ相談にまいったのでござります」

「懸念とは？」

政宗は聞いた。

「伊達のお家にもかかわりのあることゆえ、のちほど、ゆるゆるとお話し申し上げましょう。その前に、まずはご一緒に朝餉《あさげ》でもいかがでございます」

言われて、政宗はおのれがひどく空腹であるのに気がついた。早朝に城を出てから、まだ何も腹に入れていない。

「行粥《ぎょうしゅく》をこれへ」

虎哉が手を叩いた。

四

やがて、典座《てんぞ》が膳を運んできた。
行粥と呼ばれる禅寺の朝飯は、
粥《かゆ》
大根の古漬
胡麻塩《ごましお》

だけの、いたって簡素なものである。

禅門では行住坐臥《ぎょうじゅうざが》、すべてを修行と考えており、ものを食うこともまた、大事な精神修養の一環となっていた。

ただ黙々と箸《はし》を使い、静寂のなかで飯をすませると、会津からやって来た心安が口をひらいた。

「亀若丸《かめわかまる》さまが、病に臥《ふ》せっておられるのです」

「何……」

政宗は思わず、身を乗り出した。

亀若丸とは、当年とって三歳になる蘆名家の幼君である。

蘆名家では、いまから三年前、先代盛隆《もりたか》が男色のもつれから家臣の大庭三左衛門《おおばさんざえもん》に斬り殺され、まだ生後十八日の乳飲《ちの》み子だった亀若丸が跡を継いでいた。

といっても、右も左もわからぬ幼児に、蘆名家の舵取《かじと》りができるわけがない。

亀若丸に代わって、蘆名家の家政を合議制で取り仕切っているのは、執権の金上盛備《かながみもりはる》以下、
富田氏実《とみたうじざね》
平田左京亮《ひらたさきょうのすけ》

結城義親《ゆうきよしちか》
猪苗代盛国《いなわしろもりくに》
沼沢実通《ぬまざわさねみち》
渋川助左衛門《しぶかわすけざえもん》
らの重臣たちであった。

心安宗可の話によれば、亀若丸は生まれつき体が弱く、しかもこの夏に風邪をこじらせて重篤《じゅうとく》となり、明日をも知れぬ容態であるらしい。

「ご存じのとおり、蘆名家には亀若丸さまのほかに、世継ぎの男子がおりませぬ。亀若丸さまに万が一のことがあった場合、跡取りをいずれから迎えるか、家臣たちのあいだで議論が起きているのです」

「して？」

「候補は二人」

と、心安は言った。

「誰だ」

「ひとりは、常陸佐竹家の当主義重どのの次男、義広《よしひろ》どの」

「佐竹の息子か……」

政宗は苦い顔をした。

佐竹義重は、奥州統一をめざす政宗の前に立ちはだかる、最大の敵のひとりである。

幼君亀若丸を擁《よう》する蘆名家では、執権金上盛備を中心とする重臣団が佐竹家と結び、その力に頼ることによって鎌倉時代以来つづく名門蘆名家の命脈をたもっていた。人取橋の戦いで、蘆名が佐竹と組み、伊達軍に対抗したのはそのためである。

親佐竹派の執権金上らは、亀若丸が死去したときにそなえ、

「貴家のご次男義広どのを、養子に頂戴《ちょうだい》できませぬか」

と、佐竹義重に内々の使者を送っていた。

これより、蘆名家は完全に佐竹の支配下に組み入れられることになるが、重臣団は主家の独立性よりも、自分たちの立場が保証されることを優先した。

しかし、この重臣団の方針に、激しい怒りをしめした者がいる。

亀若丸の母、先代盛隆未亡人の晴子《はるこ》である。

「亀若丸はまだ生きております。にもかかわらず、いまから跡取りの養子を勝手に決めるとは、不忠もはなはだしいではないか」

この晴子は、伊達家の先々代晴宗《はるむね》の四女、すなわち政宗にとっては、じつの叔母に

あたる。

――伊達御前《ごぜん》と通称され、親佐竹派の強い蘆名家のなかで、重臣の富田氏実、平田左京亮、猪苗代盛国を味方につけ、実家《さと》の伊達家寄りの勢力を形成していた。

執権金上らのやり方に怒った伊達御前は、

「ならば、わらわにも考えがある」

と、佐竹義広とは別の、もうひとりの跡取りを立てることを考えた。

それが、

「伊達家の竺丸《じくまる》さまです」

心安宗可が、政宗の表情をうかがうようにして言った。

「竺丸を、蘆名に養子に入れよと申すか」

「はい。じつは、わたくしは伊達家の意向をたしかめるべく、御前さまのご命令にて、こちらへまいったのでございます」

「…………」

「いかがでございましょうか」

「…………」

政宗は何も言わず、師の虎哉宗乙を見た。

虎哉もまた、黙っている。しかし、その目は、

(悪い話ではございますまい……)

と、語りかけている。

たしかに、政宗にとって悪い話ではない。どころか、おのが実弟の竺丸が蘆名家を継げば、戦わずして、奥州のかなめ会津が伊達家の版図《はんと》に組み入れられる。願ってもない話と言ってよかった。

政宗は、心安のほうに向き直った。

「お気持ちのほど、お察しいたす。伊達家にできることがあれば、何なりと助力すると叔母上に申し上げてくれ」

「ありがたき幸せに存じます。御前さまも、さぞやご安堵なされましょう」

心安が頭を下げた。

それから、話は天下の噂になった。

使者の用向きがすんで肩の荷が下りたのか、心安の舌がなめらかになっている。

「大坂では、関白殿下が九州攻めをご決意なされたそうにございますな」

「ほう……。昨年、四国の長宗我部《ちょうそかべ》氏を平らげたと思ったら、はやくも九州へ軍を

すすめるか」

虎哉が目を細めた。

虎哉も、そしてむろん政宗も、天下統一の道をひた走りつつある関白秀吉の動きには強い関心がある。

いま、秀吉の攻撃の矛先《ほこさき》は西国方面に向けられているが、いずれ関東、そして奥州の地にも、その強大な力がおよんでくるのは必定《ひつじょう》である。

「本格的な九州攻めの軍をもよおすのは、年が明けてからになろうと、先日、興徳寺に立ち寄った京の本山第一座の海山元珠《かいざんげんしゅ》が申しておりました。先遣隊《せんけんたい》として、黒田孝高《くろだよしたか》、毛利輝元《もうりてるもと》らが、すでに出陣を命じられておるとのよし」

「九州が切り従えられれば、つぎは東国。これは、なかなか、伊達家もうかうかしておられませぬな」

表情を固くする虎哉に、政宗は、

「見えもせぬ敵を、いたずらに恐れていてもはじまらぬ」

と、昂然《こうぜん》と胸をそらせた。

「われらにはまだ、時がある。東海には徳川家康、関東には北条氏直という強者がいる。これらが秀吉と戦っているあいだに、おれはこの奥州を統一し、必ずや天下へ乗り出していく」

政宗は自信に満ちた口調で言った。

蘆名家に弟竺丸を入れ、会津を手中におさめることは、その壮大な夢への第一歩であった。

五

秋がしだいに深まってゆく。

天正十四年（一五八六）、政宗は父輝宗の菩提を弔《とむら》うため、米沢近郊に一寺を建立《こんりゅう》した。

——遠山覚範寺《えんざんかくはんじ》

である。

開山として、夏刈の資福寺から虎哉宗乙が迎えられた。

虎哉が城下近くに移ったことにより、政宗との連絡が、より迅速かつ頻繁におこなえるようになった。

とにかく、いまは会津の情勢が気にかかる。

興徳寺の心安宗可を通じて、蘆名亀若丸の病状が刻一刻と政宗のもとにもたらされてきた。知らせでは、亀若丸はいよいよ危ないらしい。

政宗は、蘆名盛隆未亡人の伊達御前と書状をやり取りし、亀若丸の後釜に弟竺丸を送り込む密約をかわした。

富田氏実、平田左京亮、猪苗代盛国らの、親伊達系の重臣たちにも抜かりなく使者を送り、多数派工作をおこなった。

政宗が、会津奪取に執念を燃やしているころ、天下の情勢も大きく動いている。

豊臣秀吉の度重なる要請にも、なかなか動かなかった徳川家康が、重い腰を上げ、上洛する運びとなったのである。

秀吉はさきに、家康のもとへ妹朝日《あさひ》姫を嫁《とつ》がせ、それでも家康が動かぬと見るや、娘の病気見舞いという名目で老母の大政所《おおまんどころ》を三河岡崎《みかわおかざき》まで遣《つか》わした。

体《てい》のいい、

――人質

である。

こうまでされては、家康も行動を起こさぬわけにはいかない。

徳川家の家臣のなかには、

「秀吉めは殿を上方まで呼び出し、亡きものにする所存にございます。誘いに乗ってはなりませぬ」

と、引きとめる者もいた。

しかし、家康は、

「行かずば、わしが臆病者とあなどられる。秀吉も、ふところへ飛び込んだ者を殺すほどの阿呆ではなかろうよ」

と、これを笑い飛ばした。

十月二十日――。

大政所と入れ替わりに、家康は岡崎城を発した。

同二十四日、京に到着。

二十六日、家康は供廻りをしたがえて大坂へ向かい、大坂城西ノ丸の豊臣秀長《ひでなが》の屋敷に入った。

翌日、大坂城千畳敷御殿において、拝謁《はいえつ》の儀がおこなわれた。関白豊臣秀吉に、東海五ヶ国の太守徳川家康が臣従を誓う儀式である。

紋入りの肩衣袴《かたぎぬばかま》をまとった家康は、秀吉への挨拶を儀式ばった口調でのべた。

家康の言葉が終わると、

「大儀であった。よろしく、奉公につとめてくれ」

秀吉は小さな胸を尊大に反《そ》らすようにして、声をかけた。

家康がふかぶかと平伏し、天下の諸大名の前に、両者の力関係があきらかに印象づけられた。

この茶番ともいえる拝謁の儀を仕組んだのは、ほかならぬ秀吉自身であった。前夜、秀吉は微行《しのび》で家康の宿所をおとずれ、

「明日のことは、あくまでも形だけの儀式だ。徳川どのには堪《こら》えがたかろうが、わしの顔を立てて頭を下げてくれ」

と、用意周到な根回しをしておいたのである。

家康は家康で、どうせ臣従するなら、少しでも高く秀吉に恩を売っておきたいという存念があり、両者の利害が一致して、この日の儀式となった。

この中央での、地殻変動ともいえる政治情勢の変化は、半月ほど遅れて米沢の政宗のもとへもたらされた。

（東海には徳川がいる）

という政宗の腹積もりは、もろくも崩れ去った。

家康が秀吉に従ったことにより、豊臣家の勢力の東端は、一気に駿河、伊豆《いず》境にまでせまったことになる。
よもや、関東に覇をとなえる小田原北条氏が、家康のごとく妥協をはかり、秀吉にたやすく膝を屈するとは考えがたいが、
(奥州統一を急がねば……)
政宗はおのれに強く言いきかせた。
吾妻山があざやかな錦繡《きんしゆう》にいろどられ、やがて雪の季節になった。
冬になると、米沢では、
——川風
が吹く。
城下近くを流れる松川、鬼面《おもの》川、羽黒《はぐろ》川の上流から、
轟《ごう》ッ
轟ッ
と、冷たい北風が吹きつける。
城下は一寸先の視界もきかぬほどの猛吹雪となり、人々は外を出歩くこともなら

ず、家に閉じこもってひたすら耐えなければならない。

――亀若丸が世を去った。

との知らせが米沢城に届いたのは、川風がひときわ強く吹き荒れる十一月下旬のことである。

会津に放っている黒脛巾組、興徳寺の者などを通じ、政宗は幼君を失った蘆名家のようすを徹底的に探った。

それによれば――。

蘆名家は揺れている。

重臣たちが会津黒川《くろかわ》（のちの若松《わかまつ》）城に集まり、善後策を話し合った。

家中の論は、真っ二つに分かれている。

伊達家　竺丸
佐竹家　義広
この二人のうち、いずれを養子に迎え、当主の座にすえるかで、激しい議論が戦わされた。

たんに、当主の顔が変わるというだけの問題ではない。今後、伊達、佐竹という二大勢力のどちらにつくか、蘆名家そのものの盛衰にかかわる重大な選択であった。一度決めてしまったら、あともどりはできない。

伊達家の竺丸を推《お》すのは、亡き亀若丸の母伊達御前に後押しされた、富田氏実、平田左京亮、猪苗代盛国。

対する佐竹義広派は、執権の金上盛備、結城義親、沼沢実通、渋川助左衛門らの面々。

彼らは、

「わが蘆名家は、佐竹と同盟を結ぶことによって生き残ってきた。その絆《きずな》をいっそう深め、蘆名の基盤を強固にするためにも、断固、義広さまを養子にお迎えすべきである」

と、強硬に主張した。

富田、平田らも、

「伊達家は、御前さまのご実家。筋からいって、竺丸さまのほうが、蘆名家の当主にふさわしい」

として、一歩も譲る気配をみせない。

評議が重ねられたが、年内に決着はつかず、ようやく結論が出たのは、翌天正十五年の二月になってからであった。

佐竹側と裏で手を結んだ執権の金上盛備が、反対意見を押し切る形で、佐竹義広の入嗣《にゅうし》を取り決めた。

三月二十一日——。

義広は会津黒川城で、蘆名一族の岩姫《いわ》と婚儀をあげた。

みずからの次男を送り込んだことにより、佐竹義重は名門蘆名家を、おのが支配下におさめた。

（老獪《ろうかい》な……）

政宗は佐竹義重の政治力に、手痛い苦杯を喫したのをみとめざるを得なかった。

しかし、この失敗は敗北ではない。

逆に、みずからの力を天下に知らしめ、奥州統一を一気に推しすすめる、

——好機

と、政宗はとらえた。

「蘆名を滅ぼす」

政宗は宣言した。

六

会津攻略を決意したものの、政宗のゆく道は平坦ではない。

竺丸の蘆名家当主擁立が失敗におわったことに腹を立てた母義姫が、

「やはり、政宗は人の上に立つ器ではありませぬ。あの者にまかせておけば、伊達家の将来は危うい」

と、実家の兄最上義光《もがみよしあき》に不満を吐露《とろ》。

これを、伊達家のほころびに付け込む絶好の機会と見た義光が、伊達領の北辺をおびやかしはじめたのである。

——羽州《うしゆう》の狐《きつね》
の異名を持つ策謀家の義光は、伊達の臣、置賜《おきたま》郡鮎貝《あゆかい》城主の鮎貝宗信《むねのぶ》を調略し、政宗に叛《そむ》かせた。

一方——。

三春の田村家でも、政宗のよき協力者であった愛姫の父清顕が他界。

清顕は、政宗と愛姫のあいだに二人目の男子が生まれたら、その子を跡取りに迎える約束を取りかわしていたが、肝心の愛姫にまだ懐妊の兆《きざ》しがないため、約束はついに果たされなかった。

田村家では、清顕の遺言にしたがい、孫が生まれるまで、清顕の後室（相馬義胤《そうまよしたね》の叔母）が女城主として城を守ることになった。

しかし、これが争いの火種となった。

三春城乗っ取りをくわだてる相馬義胤が、田村家家臣を切り崩し、伊達家の影響力排除をはかったのである。

実家の混乱に心を痛め、愛姫が涙を流した。

「わたくしが、子さえ産んでおれば」

「言うな」

「されど……」

「三春の城はおれが守る。そなたは何も案ずるな」

政宗は遠くを見つめ、きっぱりと言い切った。

後刻、愛姫の居室には三春の滝桜を挿し木した鉢植えが届けられた。父を失い、天涯孤独の身となった妻への、政宗なりの愛情であった。

しかし、政宗には、愛姫の悲嘆にいつまでもかかわっているだけの心の余裕はない。

最上、相馬の動静にも神経をとがらせねばならないが、それ以上に気になるのは、天下の風雲の中心にいる関白豊臣秀吉の動きであった。

「九州の島津義久《しまづよしひさ》が、秀吉に降伏したそうにございますぞ」

片倉小十郎が言った。

「島津が屈したか」

政宗は眉間に皺を刻んだ。

この年三月、秀吉は大友義統《おおともよしむね》からの出兵要請を受け入れ、八万の大軍をひきいて九州へ攻め下った。

敵は、鹿児島の島津氏。

島津氏は、薩摩《さつま》、大隅《おおすみ》、日向《ひゅうが》、肥後《ひご》、肥前《ひぜん》、筑後《ちくご》、筑前《ちくぜん》、豊後《ぶんご》の八ヶ国を領する大大名であり、九州のほぼ大部分を支配下においていた。

秀吉にとって、天下統一のためには、是《ぜ》が非《ひ》でも叩き潰しておかねばならぬ相手であった。

豊臣の大軍を向こうにまわし、島津氏は徹底抗戦をおこなった。

しかし、日の出の勢いにある秀吉の前には、さしも剽悍《ひょうかん》をうたわれた島津の兵も敵ではなかった。

島津軍は撤退につぐ撤退をかさね、五月八日、本国薩摩に攻め込まれるにおよび、ついに秀吉に降伏を申し入れる。

薩摩川内《せんだい》の陣にあった秀吉は、大度《たいど》をもってこれを許し、島津義久に、薩摩と大隅、二ケ国の領有のみを認めた。

秀吉の九州平定は完結した。

つぎは、

（関東だ……）

迫りくる脅威の予感が、政宗の背筋を引きしめた。

政宗は覚範寺に使いをやり、師僧の虎哉を城へ呼び出した。

城内の奥まった一室に、

政宗

片倉小十郎

虎哉宗乙

が顔をそろえる。

人を遠ざけ、密議がひらかれた。

今後の伊達家の外交方針を決める、大事な話し合いであった。

「佐竹義重はすでに、秀吉によしみを通じており、蘆名義広もまた、これにならう方針とか」

虎哉が言った。

「当然でありましょうな」

と、片倉小十郎がうなずく。

南下する伊達氏と北上する北条氏のあいだに挟まれた佐竹氏は、これらに対抗するという戦略上の理由から、秀吉と手を結ぶ必要があった。

いわゆる、

──遠交近攻《えんこうきんこう》

の策である。

じかに領地を接する敵を牽制するため、戦国大名がしばしば用いる外交の常套手段にほかならない。

「最上はどうだ」

政宗は問うた。

諜者の知らせで、最上家の内情をつかんでいる片倉小十郎が、

「最上義光はいまのところ、秀吉とは距離をおいております。なにしろ、最上と出羽庄内《しょうない》地方の領有をめぐって争っている越後《えちご》の上杉景勝《うえすぎかげかつ》は、根っからの豊臣派。その敵の同盟者に、尻尾《しっぽ》を振るわけにはいきませぬ。むしろ、最上は、昔から徳川家康とのつながりが深《ふこ》うございます」

「ふむ……」

政宗は片頰をゆがめた。

奥州の諸将が、それぞれの立場から豊臣家への外交を決していくなかで、伊達家はどうするか——。

同盟を結ぶ小田原北条氏は、あくまで秀吉に屈せず、関東での独立をつらぬく構えを崩していない。

北条氏とともに戦うのか。それとも、秀吉を中心に動きはじめている潮流をかんがみて、流れに乗るべきか。

しかし、いったんその流れに巻き込まれてしまえば、政宗がめざしている奥州統一、さらには天下への夢が閉ざされることになる。

そこに、政宗の深い悩みがあった。

「師僧はどう思う」

政宗は虎哉を見た。

「あなたさまご自身は、どのようになされたいのです」

「おれか……」

一瞬、政宗は考えるような目をし、

「おれは相手が誰であろうが、生涯、何者の風下にも立ちたくない。秀吉に頭を下げるのは嫌だ」

と言った。

「鎌倉に幕府を築いた源頼朝《みなもとのよりとも》のごとく、東国から天下を変えてみせる」

「そのお心意気は見上げたものですな」

「…………」

「しかし、人の好き嫌いをそのまま行動にあらわすのは、三つの子供と同じ。目標を見定め、そのためにしたたかな戦略を用いなければ、畢竟《ひっきょう》、天下は盗れませぬ」

「では、どうせよと言うのだ」

「秀吉に馬を贈りなされ」

「馬……」

「鎌倉の世より、奥州の馬は都の貴顕《きけん》の垂涎《すいぜん》のまと。高価な馬を贈って、秀吉の機嫌を取り結ぶのです」

「それでは、戦わずして敵の軍門に下ったことになろう」

「いえ」

虎哉が首を横に振った。

「仏教には、方便《ほうべん》という言葉がございます。衆生《しゅじょう》が迷いを断ち切り、冥利に達するための手立てです」

「馬を贈るのが、その方便か」

「さよう」

虎哉の言葉に、政宗は不敵な笑いを浮かべた。

「おもてでは秀吉に恭順《きょうじゅん》の意をあらわすふりをし、天下をめざす牙は抜かりなく研《と》いでおけ、ということか」

「豊臣軍が北条氏を攻めるには、まだ時がかかりましょう。何より、戦いの先鋒になるであろう徳川家康が、小田原攻めには難色をしめしております」

虎哉の言葉に、

「たしか、家康は、娘を北条氏直のもとへ嫁がせていたな」

「小田原攻めは、九州攻めのように容易《たやす》うはいきますまい。ようは、あなたさまご自身が、流れのなかでおのれを見失わぬことが何より肝要《かんよう》」

「そうと決まれば、ことは早いほうがよい。小十郎」

と、政宗は片倉小十郎に青光りする独眼を向け、

「厩《うまや》のなかから、葦毛の霜月《しもつき》を曳《ひ》き出しておけ」

「霜月は、先日、殿が竺丸さまの元服《げんぷく》祝いに差し上げると約束なさった馬ではございませぬか」

「物惜《ものお》しみをしているときではない。関白は、ことのほか派手好みの男と聞いた。どうせくれてやるなら、名馬中の名馬に金襴《きんらん》の馬衣を着せ、黄金の鐙《あぶみ》でもおいて、あっと言わせてやれ」

「はッ」

片倉小十郎は頭を下げた。

その年の九月、伊達政宗は関白秀吉に馬を献じた。同時に、九州平定と聚楽第《じゅらくてい》の完成を祝う書状を馬に添えて送った。

政宗は、その一方で、伊達家に抵抗する仙道の大崎《おおさき》氏への出兵準備をすすめた。

第四章　萱野《かやの》の雨

一

大崎氏は奥州の名家である。

南北朝時代、足利《あしかが》一門の大崎家兼《いえかね》が、足利尊氏《たかうじ》の命を受けて東国へ下向《げこう》。現在《いま》の宮城県北部地方を領し、奥州探題として北朝方の武士を統括した。

いわば、足利幕府の奥州出先機関、東国でもっとも権威ある武門のトップである。

その屋形は、

——大崎御所

と呼ばれ、正月ともなれば、奥州の武士たちがこぞって新年の祝いをのべに集まってきた。

初代家兼の子兼頼《かねより》が出羽《でわ》へ按察使《あぜち》として下り、これが最上家の祖となった。すなわち、大崎氏と最上氏は、古いつながりの同族といえる。

大崎氏は代々奥州探題を世襲し、みちのく社会のなかで独自の地位をたもってきた。

しかし——。

中央の幕府の力が弱まり、その権威と影響力が低下するにつれ、大崎氏の存在感もしだいに薄れてくる。奥州探題の職も伊達家のものとなった。

政宗の時代、大崎氏は北上《きたかみ》川筋を勢力圏とする北どなりの葛西《かさい》氏と激しく争った。これに、葛西氏と結ぶ政宗が南から圧力を加えたため、大崎氏は家臣たちが二派にわかれて抗争を起こすなど、その土台が大きく揺らぎはじめていた。

「いまこそ、大崎を滅ぼし、領土を北へ拡大する絶好の機会だ」

政宗は、大崎氏からの独立をはかる岩手沢《いわてざわ》城主、氏家弾正吉継《うじいえだんじょうよしつぐ》の援軍要請を受け、軍勢五千を大崎領へ差し向けた。

陣代は、浜田景隆《はまだかげたか》。大将は叔父の留守政景《るすまさかげ》と宿老の泉田重光《いずみだしげみつ》、軍《いくさ》奉行に小山田頼定《おやまだよりさだ》を任じた。

政宗自身が動かなかったのは、南の佐竹、蘆名に睨《にら》みをきかせるためである。ま

た、みずからが戦陣におもむかずとも、

（衰亡いちじるしい相手ではないか……）

大崎氏を平らげることができると、政宗はたかをくくった。

とにかく、関白豊臣秀吉が東国平定に乗り出してくる前に、奥州の大半を切りしたがえてしまわねばならない。

大崎領を手中におさめ、その勢いをかって、

（会津《あいづ》を攻略せねば……）

若い政宗の心に、焦りがなかったといえば嘘になろう。


伊達軍は奥羽山脈の二井宿《にいじゆく》峠を越え、白石《しろいし》に出て奥州街道を北上。大崎平野を北に見下ろす志田《しだ》郡の千石館《せんごくだて》に入り、合戦の準備をととのえた。

しかし、このとき、伊達軍にとって想定外の事態が起きた。

大崎攻めの先鋒をつとめるはずだった黒川《くろかわ》郡の領主、黒川月舟斎《げつしゆうさい》が寝返り、大崎方の桑折《こおり》城に立て籠《こ》もって、伊達軍に敵対する構えを見せたのである。

黒川月舟斎は大崎氏の一族だが、おのが娘を留守政景に嫁《とつ》がせるなど、伊達家の傘《さん》下《か》に属していた。だが、急激な拡張政策をすすめる政宗に恐怖を感じ、にわかに態度

をひるがえしたものとみえる。

奥州では、ここ二、三百年のあいだ、濃密な血縁関係で結ばれた土豪たちが、小競《こぜ》り合いを繰り返しつつも、たがいに馴《な》れ合い的な均衡をたもってきた。

その生ぬるい均衡に、いま、若い政宗が殴り込みをかけようとしている。老境にある黒川月舟斎は、ぬくい古巣に冷たい清流が流れ込むような、

——変革
の予感におびえた。

一方、これに驚きあわてたのは、政宗から大将をまかされた留守政景だった。

舅《しゆうと》にあたる月舟斎に使者を送り、必死の説得をこころみた。だが、老将の気持ちを変えるまでにはいたらない。

やむなく、黒川月舟斎に代わり、泉田重光が先鋒をつとめることとなった。

二月二日、早朝——。

泉田重光は四千の軍をひきい、千石館を発した。

二月二日は太陽暦の三月二十八日にあたる。暦のうえでは春だが、仙北の大崎平野にはまだ野をおいつくすほどに雪が残っている。ただし、昼の暖かさで解《と》けだした雪が夜間の寒さで凍りつくため、雪質はかたく引きしまり、足をとられることなく雪

上を歩くことができる。雪国では、それを凍《し》み渡りという。

先陣の泉田勢は、大崎平野を凍み渡りしながら、大崎方最大の防衛拠点である、

——中新田城《なかにいだ》
をめざした。

中新田城の城代は、南条下総守隆信《なんじようしもうさのかみたかのぶ》。

大崎氏の当主義隆《よしたか》は、そこから一里（約四キロ）あまり北の名生《みよう》城にあり、中新田城を突破すれば、これを落とすことはたやすい。

泉田重光は、黒川月舟斎の籠もる桑折城、その半里北の古川弾正《ふるかわだんじよう》が守備する師山《もろやま》城を素どおりし、平野の奥深くまで突きすすんでいった。

中新田城に泉田軍が近づくや、城将の南条隆信は、門をひらき、城から外へ打って出た。

泉田重光は、さきの人取橋《ひととりばし》合戦でも伊達軍の先鋒をつとめた猛将である。

「一気に攻め潰してしまえッ！」

とばかりに襲いかかったため、その勢いに恐れをなした南条隆信は、たまらず兵を引きあげ、城内へ立て籠もった。

泉田軍は、これを追って中新田城へ乱入。三ノ丸、二ノ丸を、つぎつぎ焼き払いな

がら、本丸へ迫った。

伊達方優利に、戦いはすすんだ。

本丸に籠もる南条隆信に、泉田重光は使いを送り、

「これ以上の争いは無益である。すみやかに城を明け渡せ」

と、降伏をすすめた。

だが、南条隆信は頑として聞き入れない。守りをかため、あくまで徹底抗戦するかまえをみせた。

やがて――。

鉛色《なまりいろ》の冷たい雲が、低く重く空に垂れ込めてきた。

雲が垂れ込めるのは、雪の前兆である。

もともと大崎平野は降雪の多い土地で、ことに春先には、ドカ雪が降ることがしばしばだった。

午後になって、雪が降りだした。

大粒のボタン雪である。

この雪が、攻める側と守る側、攻防の立場を逆転させる。

雪と、急激な気温の低下が、ここまで快進撃をつづけてきた伊達勢の行動を鈍《にぶ》らせ

た。着込んだ鎧《よろい》の下にまで、寒さが沁み込んでくる。

霏々《ひひ》として降りしきる雪のなか、泉田軍は敵地のまっただなかで立ち往生《おうじょう》した。

事前の約束で、加勢に駆けつけるはずだった岩手沢城主、氏家弾正吉継も姿をあらわさない。

じつは——。

氏家吉継は伊達家に援軍を要請したものの、

（独立を手助けしてくれとは頼んだが、大崎氏を滅ぼせ——とまでは、依頼したおぼえはない……）

政宗の突出した行動に警戒心を抱き、臆病風に吹かれていた。

大崎氏が滅べば、仙北一円は伊達家の支配するところとなる。氏家領も、いつかは膨張する伊達家に呑み込まれていくだろう。

黒川月舟斎と同様、氏家吉継も変革をおそれるあまり、ぎりぎりのところで日和見《ひよりみ》をきめこんだ。

窮地におちいったのは、泉田重光である。

（かくなるうえは退却するしかない……）

戦いをあきらめ、撤退をはじめたが、城方に背後から追撃され、さらに大崎方の下《しも》新田城からも敵が押し寄せた。

泉田軍は防戦一方になり、軍奉行の小山田頼定ほか、多くの将兵が討ち死に。生き残った者たちは、命からがら三本木《さんぼんぎ》の新沼《にいぬま》城に逃げ込んだ。

この知らせは、いままで伊達軍の動きを息をひそめて見守っていた大崎方の諸城のあいだを、稲妻のごとく駆けめぐった。

そのころ――。

伊達軍後陣の留守政景が、中新田城をめざしてゆっくりと平野をすすんでいる。

これを見た桑折城、師山城の大崎軍が城を打って出、留守政景軍一千を左右から挟撃した。

留守政景は退路を断たれた。すすむも退《ひ》くもならず、雪のなかに孤立する。

全滅の危機を感じた政景は、桑折城にいる舅の黒川月舟斎に使者を送り、道をあけてくれるよう泣きついた。結局、政景は月舟斎の情けにすがり、千石館へほうほうの態《てい》で逃げもどっている。

大崎氏を滅ぼすどころか、戦いは伊達軍のみじめな大敗に終わった。

世にいう、

――大崎合戦

である。

二

遠征軍の敗報に、政宗は激怒した。

突然の春の大雪という予想外の悪条件はあったが、敗因は、氏家吉継、黒川月舟斎らの裏切り、および先陣の泉田重光と後陣の留守政景の連携のまずさにある。

（甘かった……）

政宗は込み上げる怒りを奥歯で嚙みしめつつ、氏家、黒川らの心中を見あやまったおのれの読みの甘さを悔《く》いた。

泉田重光は四千の兵とともに、いまだ敵地の新沼城に取り残されている。城内の兵糧《ひょうろう》はすでに底をつき、餓死者が出はじめているという。

政宗自身が救援に行こうにも、山形の最上、会津の蘆名に留守を衝《つ》かれるおそれがあるため、動くに動けない。

やむなく、大崎方とのあいだで和睦の交渉をはじめた。

講和の条件は屈辱的なものだった。

飢餓《きが》に瀕《ひん》している城兵たちの解放と引きかえに、大将泉田重光の身柄が、大崎方へ人質に差し出されることになった。

捕虜となった重光はさらに、最上氏の山形城へと送られた。

「大崎のかげで、最上義光《よしあき》が糸を引いておる」

政宗は、伊達家の足を横合いから掬《すく》おうと手ぐすねを引く、手ごわい敵の存在をはっきりと意識した。

「策士の義光のことです。こちらの弱みにつけこみ、何をやってくるかわかりませせぬ」

片倉小十郎が言った。

「会津を攻める前に、最上とひといくさせねばならぬだろう」

「好ましいことではございませぬが……」

「わかっている」

政宗としては、一日も早い奥州統一のためにも、会津蘆名攻めに専念したい。しかし、周囲の大名が、黙ってそれを見過ごすはずもない。

大崎合戦で伊達軍が大敗したことにより、仙道《せんどう》筋の土豪たちが、にわかに反伊達の動きを活発化させはじめた。

その急先鋒となったのが、政宗に逐《お》われ、蘆名のもとへ逃げ込んでいた塩松《しおのまつ》地方の旧領主の大内定綱《おおうちさだつな》である。定綱は、伊達成実が守る二本松領に侵入し、火をつけてまわった。

混乱に乗じ、同じく蘆名方の高玉太郎左衛門《たかたまたろうざえもん》、および大田主膳《おおたしゅぜん》の軍勢も、二本松城へ押し寄せる。

この危機に、

「おのれ、小癪《こしゃく》な」

伊達成実は手勢とともに城を出撃し、猛攻をかけ、むらがる高玉、大田の勢を蹴散らした。敵百五十三人を討ち取った成実は、その鼻を塩漬けにして、米沢の政宗のもとへ送った。

三月になり、奇妙なことが起きた。

政宗に刃向かった大内定綱が、にわかに態度を豹変させ、

——いま一度、伊達家にお仕えしたい。

と、申し出てきたのである。

蘆名方に走ったはいいが、望みの所領をまったくあたえられず、ふたたび政宗に媚《こび》を売ってきたのだった。

「大内めの魂胆など、見えすいております。そのときどきの潮の流れを見て、おのれが利にありつけそうなほうにつく。さような性根の定まらぬ者、お赦《ゆる》しになる必要はございませぬ」

片倉小十郎が苦い顔で言った。

が、政宗は、

「いや、赦す」

屋形の外に降りしきる、銀粉のような春雨を見つめながらつぶやいた。

「なにゆえでございます。お用いになっても、いずれまた裏切りまするぞ」

「こたびの大崎攻めの失敗で、おれは大事なことを学んだ」

「と、申されますと？」

「静と動の妙諦《みようてい》だ」

政宗は言った。

「天は、雲ひとつない晴れの日ばかりではなかろう。雨の降る日もあれば、嵐の日、大雪の日もある。それは刻々とうつろい、変化してゆく。しかし、どれも天であることに変わりはない」

「禅問答のようでございますな」

小十郎の言葉に、政宗はかすかに笑い、

「おれは焦りすぎていたようだ。ひた押しに押すだけの単純な戦いに走り、まわりのものが見えていなかった」

「…………」

「戦いは、空模様が変わるごとく、その場の状況に応じて、静と動を自在に使い分けていかねばならない。目的を遂げるためには、がむしゃらに道を突っ走るだけではだめだ」

政宗が学んだのは、物ごとをすすめていくうえでの、

——政治
の重要性であろう。

武将には、敵を打ちひしぐ火のような勇猛さが必要である。しかし、ただそれだけで戦いに勝つことはできない。情報を収集し、敵味方のおかれた状況、心理を分析し、そのうえで駆け引きをおこない、ときには退却、ときには講和という選択肢も、視野に入れておかねばならない。

それが一流の武将というものであり、天下をめざす者の条件であった。

奥州統一という大目標に向かって、政宗は性急な拡張政策をとってきた。ある程度

まで、それは成功をおさめたが、力で押すだけでは限界がある。

硬軟を使い分ける——すなわち、静と動の妙諦である。

政宗は若いながらも、みずからそのことに気づいた。

（たいしたものよ……）

片倉小十郎はあらためて、主君の武将としての潜在能力に、あざやかなおどろきを覚えた。

「たしかに、大内定綱はつまらぬ男だ。だが、おれが寛容な態度でやつを赦せば、それを見て伊達になびいてくる土豪がいるだろう。敵をつくらず、味方を増やす。ときには、そうした静の策も必要だ」

「御意」

小十郎は深々と頭を下げた。

政宗は小十郎に命じ、帰順を申し出てきた大内定綱を迎えにやった。

片倉小十郎とともに米沢へあらわれた定綱を、政宗は歓迎。わざわざ宿所まで足を運び、

「よくぞ来てくれた」

と、ねぎらいの言葉をかけた。

翌々日の宴席で、政宗は定綱に太刀を与え、保原《ほばら》、懸田《かけだ》など、六十貫文の采地《さいち》を下すことを約束した。

ばかりでなく、

――今後、政宗においては一点の別心もなし。ゆめゆめ疑心をもつべからざること。

と誓紙をしたため、定綱に渡している。

破格の厚遇であった。

これには大内定綱も感激し、以後、ただの一度も寝返ることなく、伊達家の重臣として仕えた。

三

仙道方面で、もうひとつ大きな動きがあった。

大崎の敗戦で動揺する伊達家の隙を狙い、相馬義胤《そうまよしたね》ひきいる三千の軍勢が、三春田《みはるた》村《むら》家の領内に侵攻した。

田村家は政宗の妻、愛姫《めご》の実家《さと》である。

しかし、愛姫の父清顕《きよあき》が世を去り、相馬家出身の後室が女城主の座におさまってからは、それまでの伊達家との緊密な同盟関係が揺らぎ、相馬派の家臣が発言力を強めるようになっていた。

相馬軍を手引きしたのは、田村家重臣のひとり、石川弾正《いしかわだんじょう》であった。

弾正は去る人取橋の合戦で、伊達軍に加わり、奮戦した男である。その功により、政宗から小手森《おてのもり》城主に任じられていたが、大崎合戦の大敗を知り、

（あの若造めはもたぬぞ……）

と、伊達家の将来に見切りをつけた。

こうしたなか、田村家でわずかな伊達派となった田村月斎《げっさい》、橋本刑部《はしもとぎょうぶ》が、

「なにとぞ、三春へご出馬下され。このままでは、われら両人、家中で孤立して腹を切らねばなりませぬ」

と、米沢の政宗に窮状を訴えてきた。

三春城は、仙道における伊達方の重要拠点である。これをみすみす、相馬義胤の手に渡すことはできない。

政宗は即座に出陣を決意した。

ただし、米沢を留守にするにあたっては気がかりもあった。

「最上義光の動きが怪しゅうございます。あるいは、相馬義胤としめし合わせ、殿が三春へご出馬なされた隙に、背後を襲おうという魂胆《こんたん》ではございませぬか」

片倉小十郎が不安を口にした。

黒脛巾《くろはばき》組を差し向け、最上領内のようすを探らせてみると、国境付近に兵を集めるなど、たしかに不穏《ふおん》な動きがある。策士の最上義光が相馬義胤とはかり、政宗を北と南から挟撃してくる可能性は十分にあった。

政宗は出陣を前にして、義姫——いまは落飾《らくしょく》して保春院《ほしゅんいん》と呼ばれている母が住む二ノ丸御殿をたずねた。

尼姿になっても、保春院はあいかわらず毅然《きぜん》とし、芙蓉《ふよう》の花のような色香を失っていない。

小具足姿の政宗を見て、

「ご出陣か」

保春院は冷たく言った。

その母に、政宗はいきなり頭を下げた。

「母上に願いの儀がございます」

「願いじゃと」

保春院が美しい眉間《みけん》に皺《しわ》を寄せた。

もとより、疎遠な関係の母子である。おのれが愛されていないことを自覚する政宗は、母に対してつねに一定の距離をおき、弱みを見せたことは一度たりとてなかった。

その政宗がしおらしく、自分に向かって頭を下げている。

（これは、よくよくのこと……）

弟竺丸《じくまる》にくらべ、可愛げのない長男を嫌っている保春院も、つい話に耳をかたむける気になった。

「あらたまって何ごとです。申してみなさい」

「伊達家の危機を救わんがため、母上の力をお借りしたいのです」

「わらわの力……」

「そうです」

政宗は隻眼《せきがん》をひたと母に向け、

「それがしはこれより、三春へ出陣せねばなりませぬ。その留守中、いくさを仕かけぬよう、母上から最上の伯父御《おじご》に使者を立てていただきたい」

「何かと思えば、そのようなことでありましたか」

保春院が小ばかにしたように笑った。

「留守を襲われるのが恐ろしいなら、三春など行かねばよかろう」

「そうはまいりませぬ。放っておけば、三春城が相馬の手に落ちます」

「実家を助けてくれと、愛どのに泣きつかれたかや」

「…………」

田村家は妻愛姫の実家だが、私情に動かされているわけではない。あくまで伊達家の戦略上の問題である。

じっさい、三春出陣に関して、政宗は愛姫とはいっさい話をしていない。

だが、女の保春院には、そうした論理は通用しない。

「いっそ愛どのを三春へ追い返し、最上のほうから新しい妻を迎えてはどうじゃ」

と、筋違いのことを言い出した。

話が横へそれるのを恐れた政宗は、母の言葉を無視し、

「ことは伊達家の存亡にかかわります。米沢城下が最上の者どもに踏みにじられるかどうかは、ひとえに母上のお働きにかかっているのです」

声を高めて言った。

「そのようなこと……。わらわは知らぬ」

「伊達家が滅んでもよろしいのですか。伊達家にもしものことあれば、竺丸も無事ではすみませぬぞ」

「母を脅《おど》す気か」

溺愛《できあい》する竺丸の名を聞いて、保春院の顔色が変わった。

「脅してなどおりませぬ。伊達、最上両家の融和のため、お骨折りいただきたいと頼み入っているのです」

「…………」

「母上ッ」

政宗は身を乗り出した。

出陣前で気が立っている。おのずと全身に闘気がにじんでいる。

その勢いに押されたか、

「最上の兄に使者をつかわすだけじゃ。ほかのことはせぬ」

保春院は言った。

政宗に強制されるまでもなく、保春院も自分の立場をわかっている。戦国の女にとって、実家と婚家は車の両輪といっていい。実家が栄えておればこそ、婚家で重んじられ、婚家が盛んなればこそ、実家への発言力も維持することができる。

もし伊達家が潰れれば、たとえ実家の最上家へもどったとしても、保春院が重んじられることはなくなる。それだけは、避けねばならなかった。

保春院の胸のうちで、本能的な女の計算が働いた。

「かたじけのう存じまする」

政宗は礼を言った。

「申しておくが、そなたのためではない。あくまで竺丸のためです」

保春院は、政宗から白い顔をそむけた。

ともあれ——。

母に仲介を頼むことで、最上対策にひとつの手は打った。

しかし、最上義光の行動になお不安を抱く政宗は、二千の兵を北への備えとして米沢にとどめ置いた。みずからは残る三千の勢をひきい、三春へ向けて出陣した。

四

峠は、新緑のブナ森につつまれている。

米沢盆地と仙道をわかつ板谷《いたや》峠を越えた伊達軍は、

——大森城《おおもり》に入った。

大森城は、現在の福島市の南西五キロの郊外に築かれた、丘陵上の城である。

米沢街道と奥州街道がまじわる交通の要衝《ようしょう》で、三春と米沢のほぼ中間地点に位置している。

田村領から相馬の影響力を一掃《いっそう》するには、さらに南下して圧力を強めるべきだが、背後に最上という不安要素を抱えている以上、大森城で二方向の敵に睨みをきかせるのが妥当な策だった。

政宗は大森城に滞陣し、最上、相馬の出方をうかがった。

すると、果たせるかな、

「最上が動きだしましたッ！」

山形城へ放っておいた黒脛巾組の芭蕉《ばしょう》が、急報をもって、政宗のもとへ駆け込んできた。

「来たか」

あらかじめ、そうした事態を予想していた政宗は顔色ひとつ変えない。

「はッ」

と、芭蕉は頭を垂れ、

「すでに先鋒が、山形城を出陣。米沢をめざし、国境へ近づいております」

「やはり、義光は食わせ者よ」

政宗は低くつぶやいた。

最上義光が、妹保春院の和平の願いを聞き入れるような男でないことは、最初からわかっていた。だからこそ、相馬方との戦いに深入りせず、周辺の状況に細心の注意をはらってきた。

「いかがなされます」

かたわらに侍していた片倉小十郎が聞いた。

「米沢へもどる。ただちに、引き上げの準備をはじめよ」

「承知」

片倉小十郎が、全軍に撤退の命をつたえ、あわただしく兵たちが動きはじめた。

と、そこへ——。

米沢から思いがけない知らせが飛び込んできた。

「申し上げますッ！」

使者が、息せき切らせて言った。

「先刻、保春院さまが輿《こし》にて城をお発《た》ちになり、最上領との境の中山峠《なかやまとうげ》へ向かっておられます」

「中山峠だと」

この知らせに、さすがの政宗も面貌におどろきの色を走らせた。

「なにゆえ、母上はそのようなところへ行かれた」

「それが……」

と、使者は唾《つば》を呑み、

「ご自身の説得で、最上軍を止めてみせると仰せになられ、重臣方が諫止《かんし》するのもお聞き入れにならず……」

「ばかなッ」

政宗は拳を握りしめた。

兄最上義光の一挙を知った保春院は、みずからの意地と誇りをかけ、実家と婚家の仲裁に割って入ったのだろう。

『成実記《しげざねき》』には、

――政宗公御老母は御東《おひがし》ノ上《うえ》と申し、義光御姉（正しくは妹）に御座《ござ》候《そうろう》。義光より御内証にも候か、御東ノ上、最上境中山と申す所へ御出で、政宗公と御和睦の御取り扱いなされ候。

と、書かれている。

実家に対する自分の影響力を過信しての行動であろうが、

（最上義光は、それしきのことで兵を引くような男ではない。かえって無用の混乱をまねくだけではないか……）

政宗は、母の勝手な振る舞いに腹を立てた。

粟《あわ》ノ須《す》で父輝宗を失ったときの無残な情景が、一瞬、脳裡をかすめた。不仲の母だが、このような形でいくさの巻き添えにしたくはない。

政宗は逸《はや》る心を押さえ、北へ向かって馬をひた走らせた。

途中、板谷峠までもどったとき、前線のようすを知らせる早足の者と遭遇した。

「保春院さまは、峠道の真ん中に輿を乗り捨て、近くの茶店に陣取っておられます」

男の話によれば――。

保春院は木立がすずしげな木陰をつくる茶店の縁側に、梨子地螺鈿《なしじらでん》の弁当箱をひろげ、侍女の小大納言らに汲ませた清水で茶を点《た》てているという。

彼女自身がさしずして呼び寄せたのか、米沢城からも、山形城からも、女子供がつぎつぎと弁当持参で集まり、ものものしい雰囲気だった国境の峠に、ときならぬ談笑の声が流れた。

保春院は、やって来た最上家の女たちを通じ、兄義光に対して、撤兵の働きかけをおこなった。

これには、さすがの最上義光もあっけにとられ、

「女どもの上を踏み越えていくわけにはいかぬ」

と、渋々ながら山形城へ兵を引き揚げた。

保春院はさらに、八十日間、中山峠に居すわりつづけ、伊達と最上、大崎両家の講和を取りまとめてしまう。大崎合戦で最上家の人質となっていた泉田重光も、このときの話し合いによって伊達家へ返された。

（母上に借りができた……）

ともあれ、政宗は母の大胆な機略と行動力によって、ふたたび三春での戦いに全精力を集中できるようになった。

大森城へもどった政宗は、城から動かず、相手の出方を静かに見守った。動ではなく、静の戦いである。

しかし、相馬義胤はこの政宗の沈黙を、

「口ほどにもないやつ。わが軍に恐れをなしおった」

と、解釈した。

閏《うるう》五月十二日――。

百目木《どうめき》城に陣取っていた相馬義胤が、ついに動いた。田村家を乗っ取るべく、三春入城をはかったのである。

相馬方になびいた田村家重臣たちの導きで、義胤は三春城の揚土門《あげつちもん》まで、軍勢を侵入させた。

だが、城中には、伊達派の田村月斎、橋本顕徳らもいる。

彼らは、

「相馬軍を城へ入れてはならぬッ！」

と、弓、鉄砲を撃ちかけ、必死の防戦につとめた。

この攻撃に、相馬軍は三春城から二里東の船引《ふねひき》城まで退却。再入城の機会をうかがった。

相馬軍の動きは、斥候《せっこう》によって逐一《ちくいち》、大森城の政宗のもとへもたらされている。

「この時を待っていた」

政宗は床几《しょうぎ》から立ち上がった。

田村家乗っ取りをくわだてた相馬義胤を、三春城から追い払う――その戦いの大義名分ができるのを、政宗は虎が獲物を狙《ねら》うがごとく、息をひそめて待ちつづけていたのである。

「行くぞッ！」

一瞬にして、政宗の行動は、静から動へ切りかえられた。

翌十三日、伊達軍は石川弾正の籠もる小手森城を急襲。怒濤《どとう》のごとく攻め立て、城を焼き払った。

奪った首級《しるし》三百余。生け捕り、斬り捨てにした者は数知れず。

さらに政宗は、石川方の大蔵城、相馬の兵が籠もる石沢城、百目木城、築山城につぎつぎと襲いかかり、これらを陥落させた。

築山城に逃げ込んでいた石川弾正は、相馬領へ逃走した。

政宗の進撃は、とどまるところを知らない。

――田村家の危機を救わんがため。

という大義に共鳴した地侍たちを軍勢に加えつつ、相馬義胤の船引城にせまった。

伊達軍の勢いに、

「このままでは、退路を断《た》たれる」

義胤は恐怖にかられ、あわてふためいて自領へ逃げもどっていった。

静と動の妙諦によって、政宗は戦いに勝利した。

これにより、三春城は事実上、伊達家の支配下に入った。

のち、政宗は、女城主をつとめていた先代田村清顕の後室を船引城にしりぞかせ、清顕の甥《おい》にあたる田村孫七郎宗顕《まごしちろうむねあき》を三春城代にすえている。

六月初旬――。

仙道における政宗の動きを牽制するように、常陸《ひたち》の佐竹義重《よししげ》が、安積《あさか》郡の郡山《こおりやま》へ出陣してきた。この軍勢には、岩城常隆《いわきつねたか》、白川義親《しらかわよしちか》、息子の蘆名義広《よしひろ》らも加わっている。

佐竹、蘆名らの連合軍に対し、政宗は正面からの軍事衝突を避け、講和の話し合いをすすめた。

この時点で、伊達軍はいまだ、大崎合戦の痛手が完全に癒《い》えきっていない。無理な戦いをせず、将来のために兵力の温存をはかるべきと判断した。

七月二十一日、政宗の思惑どおり和睦が成立。伊達、佐竹両軍は兵を引いた。

五

同じころ——。

上方では、豊臣秀吉が天下支配の体制を着々とととのえつつある。

大坂城より京の聚楽第《じゅらくてい》に居所をうつした秀吉は、

——刀狩り令
を発した。

戦国時代の農民は、半農半兵、すなわち平素は鋤鍬《すきくわ》で田畑をたがやしているが、いざ合戦となれば刀、槍を手にとって戦場で戦う武装集団的側面をもっていた。

それを秀吉は、彼らが所持している刀、槍、鉄砲などの武具を強制的に没収することで、兵農分離をおしすすめた。

その代わり、秀吉は、

「おまえたちの田畑、身の安全は豊臣政権が保証する。それゆえ、心安んじて野良仕事に励《はげ》め」

と、約束した。

織田信長、そして秀吉の天下統一事業をへて、乱世は終息に向かいつつある。新しい時代に合った新しいルールづくりに、秀吉は着手したのである。

刀狩りによって没収された大量の武具は、鋳潰《いつぶ》され、京東山《ひがしやま》に建立《こんりゅう》された豊臣家菩提寺《ぼだいじ》、方広寺《ほうこうじ》の大仏鋳造や、建物の釘、カスガイに使われた。戦国の混乱から安定へ、時代の変わり目を象徴する出来事であるかもしれない。

その一方――。

秀吉は、いまだ豊臣政権の支配に属していない、

関東

奥州

出羽

への働きかけを強めだした。

具体的には、みずからの侍医で政策参謀の施薬院全宗《やくいんぜんそう》、加賀金沢《かがかなざわ》城主の前田利家《まえだとしいえ》、豊臣家直臣の浅野長政《あさのながまさ》、富田知信《とみたとものぶ》らを交渉役に立て、東国の諸大名に上洛をうながす書状を送った。

米沢へもどった政宗のもとへも、施薬院全宗、富田知信から、上洛をすすめる書状

が届いた。

奥州統一をめざす政宗は、むろん、この要請に応じる気はない。いったん、豊臣政権の枠内に組み込まれてしまえば、

（それで終わりだ……）

政宗のめざすところは、あくまで、

――天下
にあった。

「いかに返答すべきか」

政宗は、上方の情勢に通じた虎哉宗乙《こさいそういつ》の意見を聞いた。

虎哉の答えは、

「上洛については態度を曖昧《あいまい》にし、とりあえず、進物のみを贈っておくべきでありましょう」

「小田原の北条《ほうじょう》氏は、やはり上洛に応じておらぬそうだな」

「北条には、初代早雲《そううん》以来、五代つづいてきた関東の覇者としての高い誇りがございますゆえ」

「秀吉との決戦も辞さず、か」

政宗は縁側の向こうをちらと見た。

季節のうつろいは早いもので、庭の松の木にからみついた蔦《つた》が真っ赤に色づいている。みちのくには、じきに冬が駆け足でやって来るだろう。

「先日、北条氏直《うじなお》より使者が来た」

政宗は言った。

「氏直どのは何と……」

「伊達家を頼りにしていると、そう言ってきた」

「もっともなことでございますな」

虎哉はうなずき、

「北条領と境を接する常陸佐竹は、すでに豊臣と意を通じておりまする。越後上杉《えちごうえすぎ》も早くからの豊臣びいき、そうなると、頼りになるのは、伊達家くらいのものでありましょう」

「北条とは、佐竹を牽制するために同盟を結んでいるが、さりとて心中立てするほどの義理はない。しかし、関東で豊臣軍の東進を食い止め、おれが奥州を切り従えるだけの時間を稼いでもらわねばならぬ。師僧の見たところ、どうだ」

「とは？」

「北条は秀吉に勝てそうか」

「いったん、ひとつの方向に向かって動き出した大きな流れを変えるのは、なかなかに難しきものです」

「では……」

「北条が、豊臣という勢いに乗った敵に立ち向かうとすれば、まずは関東の覇者という驕《おご》った意識を捨て去ること。そのうえで、緻密な策を練り、柔軟な外交、さまざまな駆け引きを使い、融通無碍《ゆうずうむげ》の戦いをすすめるしかありますまい」

「融通無碍か」

「さよう」

「覚えておこう」

政宗は目を細めた。

北条氏の戦いは他人事ではない。政宗が天下に野望を抱く以上、伊達家が秀吉と対峙《たいじ》する日は必ずやって来る。

その日に向かって力をたくわえるため、いまは虎哉のいう、柔軟な外交を優先させるべきであろう。

政宗は京の秀吉に進物の鷹を贈り、同時に、小田原の北条氏直にも、

――いままでと変わらず、貴家との同盟を堅持する。

との旨をしたためた書状を送った。

豊臣家の東国への圧力拡大は、さまざまな形で奥州の勢力地図に大きな変化をもたらしつつある。

この年の秋、出羽国庄内《しょうない》地方の領有をめぐって、最上と越後上杉のあいだでいくさが起きた。十五里ヶ原《じゅうごりはら》合戦である。

戦いは、豊臣家の力を背景とする上杉軍の勝利におわった。

じつは、昨年、秀吉は大名どうしの合戦を禁じる、

――惣無事令《そうぶじれい》（私闘禁止令）

を出している。

本来ならば、この戦いは法令違反だが、上杉家の執政《しっせい》直江兼続《なおえかねつぐ》は、秀吉側近第一の石田三成《いしだみつなり》と親しく、両者のあいだで、

「庄内の領有は上杉家にまかせる」

という密約ができていた。

最上義光は怒ったが、上杉の背後に豊臣政権がついている以上、どうすることもで

きない。

この合戦を機に、伊達家の目の上のコブだった最上の家運は、にわかに衰えをみせはじめる。

政宗は、家臣の鬼庭綱元《おにわつなもと》にあてた書状に、

——最上、ことのほか手詰まりの由《よし》なり。余り御笑止なり。

と書いている。

六

年が明け、天正十七年（一五八九）になった。

正月早々、政宗は再度の大崎攻めを宣言した。

十五里ヶ原合戦の敗北で、大崎氏の後ろ楯になっていた最上義光の力が後退している。最上の援助がなければ、大崎氏に伊達軍を食い止めるだけの力はない。いまが、宿願をはたす好機だった。

しかし、大崎攻めをすすめる前に、政宗には頭の痛い問題があった。

昨年、進物をたずさえて京へのぼっていた家臣の金山宗洗斎《かねやまそうせんさい》が、秀吉からの書状を持って米沢へもどってきた。

秀吉は、まだ顔も見ぬ政宗に対し、わが息子にでも語りかけるように、こう書き送ってきた。

「出羽はことのほか雪が深いと聞いている。冬のあいだは無理であろうが、雪が解《と》けたら駿馬《しゅんめ》にまたがり、京へ遊山《ゆさん》にでもまいられたらどうだ」

言葉はやわらかだが、じきじきの上洛命令である。

秀吉の意図は明白だった。

（春には、どうあっても聚楽第へ顔を出せというのだな……）

命令に従えば、大崎攻めはおろか、会津蘆名の攻略も不可能になってしまうではないか。いまの段階で、秀吉を怒らせることは極力避けねばならないが、さりとて唯々《いい》諾々《だくだく》と京へのぼるつもりもなかった。

（策を考えねば……）

政宗は思った。

しかし、よい智恵がすぐに浮かぶものではない。

とりあえず、雪が解ける前に、大崎攻めに向けて着実な手を打っておかねばならなかった。

政宗は、大崎方のなかでも伊達家に心を寄せる、

氏家弾正吉継
川熊《かわくま》美濃《みの》
鵙目《もずめ》豊前《ぶぜん》
伊場野《いばの》外記《げき》

らを、米沢城へ招いた。

城内で盛大な饗応がもよおされ、政宗の小姓《こしょう》、近習《きんじゅ》たちが入れ代わり立ち代わり酌をして、七献の酒がふるまわれた。

一献、酒をふるまうたびに、政宗は具足、長刀《なぎなた》、巻物、小袖などの引き出物を、氏家弾正らに下げあたえた。伊達家では、最高といっていい賓客へのもてなしである。

氏家弾正、川熊美濃らは面食らいつつも、この至れりつくせりの歓待に感激せずにはいられなかった。

「昨年の負けいくさで、われら伊達どのにお味方した罪を問われ、あわや切腹に追い込まれそうになりました。なにとぞ、一日も早いご出馬を」

氏家らは訴えた。

政宗は深くうなずき、

「しばし、待て。雪解けとともに、必ずや軍勢を送る」

と、約束した。

氏家弾正たちの米沢訪問と、政宗再征の噂を聞き、大崎方の諸将は驚愕した。

昨年は、突然の降雪によって、自分たちに運が味方したが、今回は伊達軍も細心の注意をはらって戦いを仕かけてくるだろう。奇蹟は二度と起こるまい。名生城の大崎義隆をはじめ、諸将はみな浮足立った。

おどろいたといえば、山形城の最上義光も同じである。

義光はこの期《ご》におよんでも策を弄《ろう》し、妹の保春院に使者を送った。

——米沢へ行った氏家弾正らを信用してはならぬ。大崎義隆どのが、かの者に切腹を命じたなどと言ったそうだが、それは真っ赤な嘘だ。弾正のほうがいつわりを言いふらし、大崎どのを陥《おとしい》れようとしている。そなたから、政宗どのに、大崎攻めを思いとどまるよう諫言してほしい。（「保春院宛最上義光書状」）

むろん、何としても政宗の再征を阻止したい義光の作り話である。

だが、保春院は兄の書状を真に受け、自分が命がけで取りまとめた最上、大崎との講和を無にする気かと、政宗を詰問した。

「あの折の、母上のお働きには感謝いたしております」

政宗は辞を低くして言った。

「さりながら、伊達家の行くすえのため、大崎は滅ぼさねばなりませぬ」

「伊達家のためなら、わが実家、最上をも滅ぼすかや」

保春院が目尻を吊り上げた。

（奥州統一の前に最上が立ちはだかるなら、そういうこともあろう……）

政宗は思ったが、口には出さず、

「先祖が同じとはいえ、大崎と最上は別の大名家。大崎と戦ったからといって、最上家とことを構えるつもりはございませぬ」

「そなたは信用ならぬ」

「最上の伯父御を信用なされても、実の息子をお信じにはならぬのですか」

「そなたは、血のつながったおのが父を目の前で見殺しにしたではないか」

「………」

母の投げつけたひとことが、するどく胸に突き刺さった。

保春院は、政宗を睨みすえ、

「あくまでわらわに恥《はじ》をかかせるというなら、もはや母とも、息子とも思わぬ。好きになさるがよい」

法衣の裾《すそ》をひるがえし、侍女をしたがえて去っていった。

（やむを得ぬことだ……）

雪原に取り残されたような冷たい孤独が、政宗の胸を支配した。

さきの戦いで力攻めの愚をさとった政宗は、調略によって大崎氏の内部分裂を誘いながら、向こうが折れてくるのを待っていた。

やがて、音《ね》を上げた大崎義隆から密使が来た。

「伊達どのと和議を結びたい」

もはや、最上家は頼りにならぬと見て、みずから政宗の前に膝を屈してきたのだった。

（来たか……）

政宗は目の奥を光らせた。

最上から横槍が入るのを恐れ、和議の話し合いは迅速かつ、秘密裡におこなわれた。

合意に達した和睦の条件は、次のとおりである。

一、今後、大崎家は伊達家の馬打同然《うまうち》（家臣同様）となすこと。
一、山形の最上とは縁を切り、伊達と縁を取り結ぶこと。
一、氏家一党に対しては、いっさい手出しをせぬこと。

「馬打同然」の言葉がしめすとおり、大崎氏は戦わずして、政宗の軍門に下ったといっていい。これにより、伊達家の版図《はんと》は仙北（宮城県北部）にまで広がった。

春が近づいている。
里の雪が解け、フキノトウがのぞくころ、伊達家に衝撃が走った。
米沢城下の谷地小路《やちこうじ》で乗馬中、政宗が落馬し、負傷した。
居室に閉じこもり、片倉小十郎のほかは誰の面会も許さなかったため、
「殿は、瀕死《ひんし》の重傷なのではないか」
との噂が流れた。

七

じつは——。

政宗が瀕死の重傷をおったという噂は、事実ではなかった。

暴れ馬から落ちたのはほんとうだが、さいわい腰をかるく打撲《だぼく》しただけで、大事にはいたらなかった。

だが、政宗はこの一件を、

「天があたえた僥倖《ぎょうこう》かもしれぬ」

として、外交手段に用いることを考えた。

京の関白豊臣秀吉からは、その後も、雪が解けたら上洛せよとの催促《さいそく》が矢のように来ている。これを逃れるのに、落馬は格好《かっこう》の隠れ蓑《みの》となる。

「怪我《けが》を理由に、上洛を引きのばすのでございますな」

片倉小十郎が言った。

政宗はうなずき、

「馬から落ちて身動きできぬという者を、よもや関白も、京へ出てこいとは言うまい」

「そのあいだに、時間《とき》をかせぎ……」

「今度こそ、蘆名をたたきつぶし、会津をこの手に奪い取る」

政宗は隻眼に強い執念をみなぎらせた。

——伊達政宗重傷
の噂は、たちまち奥州を駆けめぐった。

保春院の実家である最上氏をはじめ、同盟を結ぶ大崎氏、田村氏などから次々と見舞いの品が届けられ、やがて噂は遠く上方の秀吉の耳にも達した。

政宗はころあいを見はからい、秀吉のもとへ書状を送った。

「雪解けとともに、一刻も早く関白殿下のご尊顔を拝し奉《たてまつ》りたいと思っておりましたが、わが身の不覚から怪我をいたし、歩くこともままなりませぬ。傷が癒《い》えたるあかつきには、みちのくの駿馬を駆り、真っ先に殿下のもとへ馳《は》せ参ずる所存」

政宗を京へ呼びつけ、牙を抜いて飼い慣らそうとしていた秀吉も、この書状には苦笑するしかなかった。

東国大名への交渉役となっている侍医の施薬院全宗に向かい、

「怪我がどれほどのものか知らぬが、伊達の若造も一筋縄ではいかぬやつよ。いっそ、打ちどころが悪《あ》しゅうてあの世へ行ってくれたほうが、今後の奥羽仕置がすすめやすかったかもしれぬ」

緋羅紗《ひらしゃ》の綿帽子《わたぼうし》をかぶった秀吉は、冗談ともつかぬ顔でつぶやいた。

この秀吉の政宗に対する見方は、あながち乱暴とも言い切れない。

なぜなら――。

怪我で動けぬと言った舌の根も乾かぬうちに、政宗はすでに会津蘆名攻めに向けて積極的に行動をはじめている。

「兵糧を米沢へ運べッ。街道筋に、軍馬にあたえる秣《まぐさ》を積み上げよッ！」

政宗は命じ、伊達領内に総動員令をかけた。

四月二十二日――。

政宗は米沢を出陣した。従う兵数、二万余。

腰はとっくに全快していたが、敵を油断させるため、政宗は馬には乗らず輿《こし》を使って移動した。

伊達勢は板谷峠を越え、翌日の夜、大森城へ入った。

と、そこへ、会津領内へ放っていた黒脛巾組の太宰金七《だざいかねしち》が敵情を報告に来た。

「蘆名義広《よしひろ》の手勢一万六千、須賀川《すかがわ》へ向かっておりまする」

「須賀川で、佐竹軍と合流する気か」

蘆名義広が常陸の実父佐竹義重に援軍要請をしたとの知らせは、すでに政宗のもとへも届いている。

「金七」

「はッ」

「会津へ立ちもどり、さらに内偵をつづけよ」

金七が去ると、政宗は片倉小十郎をそばへ呼んだ。

「このいくさ、佐竹の援軍がやってくる前に決着をつけねばならぬ」

「御意」

「まずは、蘆名領の北端にある安子島《あこがしま》、高玉《たかたま》の両城を攻める」

「その先には、亀《かめ》ヶ城の猪苗代盛国《いなわしろもりくに》がおりますな」

片倉小十郎が、諸城の配置をえがいた絵図をしめした。

「盛国の調略はどうなっている」

「当人は、われらの誘いに色気をしめしておりまする。さりながら、息子の盛胤《もりたね》が猛反対しているらしく、いまだ確たる返事がございませぬ」

「何としてでも、猪苗代盛国を味方につけねば」

政宗は闇を睨《にら》んだ。

「戦いを迅速にすすめるには、敵の切り崩《くず》しが不可欠だ。今後も粘り強く、調略をつづけよ」

政宗は小十郎に命じた。

猪苗代氏の調略をすすめる一方で、政宗は若き剛勇の士原田宗時《はらだむねとき》がひきいる三千五百の兵を安子島城へ差し向けた。

奥州街道を南下し、蘆名領を侵した伊達勢は、城将安子島治部《じぶ》が籠《こ》もる城を火のごとく攻め立て、わずか一日にしてこれを開城させる。

さらに伊達勢は、安子島城の北西一里（約四キロ）にある高玉城に攻めかかった。

城主の高玉太郎左衛門は、再三の開城勧告にも応じず、徹底抗戦をおこなった。

が、伊達軍の勢いに抗しきれず、討ち死に。高玉城は陥落した。

このとき、政宗は前線の原田宗時に命じ、城中にいた老若男女《ろうにゃくなんにょ》すべてを、

——撫《な》で斬り
にさせている。

撫で斬りは、かつておこなった小手森城攻めにつづき、二度めである。

無意味な殺戮が目的ではない。政宗の誘いに、いまだ態度を決めかねている猪苗代盛国への無言の脅《おど》しであった。

脅しの効果はたちまちあらわれた。

猪苗代盛国が、条件しだいで伊達に味方してもよいと、片倉小十郎に返答してきたのである。

報告を聞いた政宗は、

「薬が効《き》いたか」

片頬をゆがめ、不敵に笑った。

「これで、会津への道筋がひらけましたな。さっそく、軍勢をすすめまするか」

小十郎の言葉に、

「いや」

政宗は首を横に振った。

「東へ向かう」

「とは……」

「相馬を攻めるのだ」

「…………」

一瞬、片倉小十郎は解《げ》しかねるといった表情をしたが、すぐに愁眉《しゅうび》をひらくと、

「相馬を攻めると見せかけ、蘆名に罠《わな》を仕掛けるのでございますな」

「そうだ」

政宗は深くうなずいた。

「戦いは、単調であってはならない。つねに相手の意表をつき、裏の裏をかくことを考えねば勝利は手にできぬ」

「まことに……」

と、小十郎はあるじを見つめた。

八

五月なかば――。

政宗は相馬へ出陣した。

あいかわらず、輿に乗っている。大きな獲物を仕留めるまでは、行動はあくまで慎《しん》重《ちょう》であらねばならない。

同月十九日、相馬領北境の駒《こま》ヶ嶺《みね》城を攻め落とすと、そのまま勢いに乗って新地《しんち》砦

を陥落させた。これらはすべて、会津攻めの意図を隠すための、陽動作戦であった。

二十三日には、太平洋側の伊達領、亘理《わたり》の海岸に出た。

政宗にとって、生まれてはじめて目にする海である。

「海とは大きなものだ」

政宗は、陽光を浴びて金粉を撒《ま》き散らしたようにきらめく広大な大海原《おおうなばら》の眺《なが》めに隻眼を細めた。

阿武隈川が太平洋にそそぎ込み、その河口近くは海とつながる潟湖《かたこ》になっている。天は雲ひとつなく晴れ渡り、空と海が水平線の果てでひとつに蒼《あお》く溶けあっていた。

「この海は、いったいどこまでつづいているのか……」

政宗はかつて感じたことのない、異様な高揚感をおぼえた。寄せては返す白波を見つめているだけで、腹の底からふつふつと沸き上がってくるものがある。

「この海のはるか東の果てには、島国の日本とは比べものにならぬ巨《おお》きな陸地があると申します」

かたわらにはべる片倉小十郎が言った。

「それが南蛮か」

「くわしいことは存じませぬ」

小十郎は潮風に目を細め、

「されど、南蛮人は三枚帆の帆船をあやつり、大海原を自在に行き来していると聞いております。海のかなたには、われらの想像もつかぬものがあるのでございましょう」

「見たいものだな」

「は……」

「いつの日か、このおれも南蛮の者どものごとき大船を仕立て、海のかなたへ行ってみたいものだ」

政宗は波音の響く海に向かって、低くつぶやいた。

『伊達天正日記』によれば、このとき政宗は供の者たちに船を用意させ、沖まで出たという。

――舟に召させられ沖まで御出で候。左右《そう》の御供の衆は海へ入り申し候。いろいろ大狂い申され候。その後、磯へ上がり、御弁当召し上がられ候。御肴どもさいげんなく取れ申す。磯山にて召し上がられ、御乱舞御座候。以休斎《いきゆうさい》などは、融《とおる》を舞い申し候。

と、一行の海遊びのようすがしるされている。

「御乱舞」とは、能楽のことである。能の得意な家臣の片倉以休斎が、能百番のひとつで、奥州塩竈《しおがま》の景色を屋敷の庭にうつして娯《たの》しんだという左大臣　源　融《みなもとのとおる》の故事をえがいた、『融』を披露してみせた。

その『融』の舞には、潮汲みの釣瓶《つるべ》をかつぐ翁《おきな》が登場する。

政宗は興奮のあまり、みずから鉄砲を取って、釣瓶を撃ち抜いた。そうでもせぬかぎり、未知のものに触れた心のたかぶりを抑えることができなかったのであろう。

二十六日、政宗は大森城に帰城した。

同じころ——。

蘆名の軍勢と佐竹の先遣隊義宣《よしのぶ》（義重の嫡男）の軍勢が、須賀川の地で合流。政宗の伊達軍に決戦を挑むべく、ゆっくりと北上を開始した。

この敵方の動きに、政宗はいささかもあわてない。

もとより、総力で伊達軍を上まわる佐竹、蘆名の連合軍と、正面からぶつかり合うつもりはなかった。

大敵に対しては、分断策がもっとも有効である。

政宗は、原田宗時と新田義綱《にったよしつな》を呼んだ。

「そなたらは、ただちに米沢へ帰還せよ」

「なにゆえでございます」

決戦を前にして、米沢へもどれという主君の命に、原田らはあからさまに不服そうな顔をした。

むろん、政宗には深謀遠慮がある。

「ただもどれ、というのではない。米沢から檜原《ひばら》越えで蘆名領へ侵入するのだ。そのまま南下し、喜多方《きたかた》を通って、敵の本拠黒川《くろかわ》へ迫れ」

「おお、されば……」

「敵の背後を衝くのだ。おのが城下が危機にさらされれば、蘆名義広も黒川城へ兵を返すしかあるまい」

「蘆名、佐竹両軍は、真っ二つに分断されますな」

原田宗時が言った。

「そうだ。それゆえ、そなたらの果たす役目が重要になってくる」

「わかりました。さっそく、米沢へ立ちもどりましてございます」

原田宗時、新田義綱は、それぞれの手勢をひきい、大森城をあとにした。

それと入れ代わりに、内応を約していた猪苗代盛国からの使者が来た。使者は、盛国の二男亀丸《かめまる》を、伊達方への人質として差し出した。

「これで猪苗代の帰服が定まった」

政宗は兵糧の煎《い》り豆を、強靱な皓《しろ》い歯で嚙み砕きながら言った。

「小十郎」

「はッ」

「一足先に、猪苗代の亀ヶ城へ向かってくれ。つづいて、おれもゆく」

「それはいささか、危のうございませぬか」

と、片倉小十郎が懸念《けねん》を口にした。

「われらに内応を約束したとはいえ、猪苗代の心底はまだ知れませぬ。もし、かの者が裏切れば、殿は敵中に取り込まれることになります」

「これは勝負だ」

政宗は昂然《こうぜん》と胸をそらせ、迷いのない声で言った。

「勝負とは、すなわち博奕《ばくち》だ。命惜しみをし、一か八かの賭けのできぬ者に勝利はない。おれにそのことを教えたのは、小十郎、そなたではないか」

しばし黙ったのち、小十郎も野太く笑った。

「さようでございましたな。どうせ一度きりしかない命。肚をくって、勝負に打って出ましょうぞ」

片倉小十郎は、その日のうちに亀ヶ城へ向かった。

一方、政宗は六月二日、大森城を出て本宮《もとみや》城へ移動。北上する佐竹、蘆名軍と決戦すると見せかけながら、突如、輿を打ち捨てて愛馬大黒《おおぐろ》にまたがり、会津の猪苗代領へ方向を転じた。

四日の夜遅くになって、政宗の本隊は亀ヶ城に入った。

九

亀ヶ城は、磐梯《ばんだい》山の南麓に位置している。

青い鏡のような猪苗代湖を見下ろし、湖のかなたに、那須《なす》岳、南会津の山々をのぞむ地にあった。

蘆名の本拠、会津黒川城までは五里。歩いて、わずか半日の距離である。

城内のいたるところに篝火《かがりび》が焚《た》かれ、櫓《やぐら》の下を兵たちが草摺《くさずり》の音を響かせながら行き来している。大手門に、伊達家の日ノ丸の本陣旗がかかげられ、臨戦態勢の張り詰めた空気が城じゅうに満ちていた。

政宗は横になったものの、一睡もできず、やがて夜明けを迎えた。

早朝――。

亀ヶ城の大広間に、伊達家のおもだった家臣たちが集まった。蘆名方から帰順した猪苗代盛国の姿も、そこにある。頬髯《ほおひげ》の濃い赤ら顔の盛国は、やや緊張したように膝の上で拳をかたく握りしめていた。

上座にすわった政宗は、獲物に挑《いど》みかかる猛禽《もうきん》のごとき目で一同を見渡した。

「決戦だ」

政宗は言った。

「この戦いで、伊達家の行くすえが決まる。ひとたび城を出たら、今日を死すべき日だと考え、命を惜《お》しまず敵に当たれ」

その言葉に、男たちは顔つきを引きしめ、無言でうなずく。

「蘆名勢は、昨夜、黒川城に帰還したそうにございますな」

白石宗実《しろいしむねざね》が声を上げた。

政宗は、するどく宗実を一瞥《いちべつ》し、

「原田宗時、新田義綱が、背後から黒川城を襲わんとしている動きを察知したのであろう。これで、須賀川に残った佐竹の先遣隊と、蘆名の軍勢は二つに分かれた」

「われらの思う壺でございますな」

豪傑肌の伊達成実が、口髭をふるわせて笑った。

「あとは、原田、新田の勢と喜多方近辺で合流し、黒川城へひといきに攻めかかるだけ……」

そのとき、外がにわかに騒がしくなった。

廊下を走る足音がし、政宗の小姓《こしょう》が広間の外に片膝をつく。

「申し上げますッ！」

「何ごとか」

小姓のただならぬようすに、政宗は思わず顔をこわばらせた。居並ぶ諸将も、いっせいにそちらへ目を向ける。

「ただいま、黒脛巾組の者より知らせが入りました。夜中、蘆名勢が黒川城を発し、こちらへ向かっておるとのよし」

「何ッ！」

政宗は眉を吊り上げた。

「まことか」

「はッ」

「蘆名め……」

政宗の胸を、烈《はげ》しい嵐にも似た激情が駆けめぐった。

敵を罠に嵌《は》めたつもりであったが、蘆名方も馬鹿ではない。伊達軍本隊と原田、新田の別働隊が合流する前に、先制攻撃を仕掛けんものと、夜のうちに黒川城を打って出たのであろう。

「いかがなされます」

片倉小十郎が政宗を見た。

目が落ち着いている。この小十郎のつねと変わらぬ冷静沈着な態度が、事態の急変で逆上しかけた若い政宗の気持ちをしずめた。

「これは天佑《てんゆう》だ」

政宗はおのれに言い聞かせるようにつぶやいた。

「者ども、聞けッ！」

ざわめきだしている一座の者に向かって、政宗は大音声《だいおんじょう》を発した。

「天はわれらに味方している。城を攻めるより、野戦のほうが戦いやすい。われらも城から打って出るぞ」

「殿の仰《おお》せのとおりじゃ」

「野戦こそ、のぞむところ」

「やってやろうぞッ！」

男たちの叫びが、張りつめた広間の空気をふるわせた。

政宗のすばやい頭の切り替え、揺るぎのない決断が、諸将の心をひとつにまとめた。


先陣は、あたり一帯に土地鑑のある猪苗代盛国が命ぜられた。

二陣、片倉小十郎。

三陣、伊達成実。

四陣、白石宗実。

そのあとに、政宗の旗本隊が陣し、六番手の後陣は浜田景隆が固めることとなった。

さらに、右翼の遊軍に片平親綱《かたひらちかつな》。

左翼遊軍に大内定綱。

準備をととのえた伊達軍は、うっすらと朝霧が流れるなか、亀ヶ城を発した。

出陣に先立ち、政宗は配下の黒脛巾組に対して、

「日橋川《にっぱ》にかかる橋を焼き落とせ」

と、命を下している。黒川城へ逃げもどらぬよう、蘆名軍の退路を断ち切っておくためである。

伊達軍は磐梯山の山すそを、霧を縫うようにして西進。八ヶ森《はちがもり》まで来たところで、本陣を置いた。

八ヶ森は杉の茂る小丘陵である。

政宗は、兵たちに命じて杉を伐《き》り倒させ、視界を確保した。

やがて、陽が高くのぼるにつれ、霧が晴れてきた。

かなたに、おびただしい数の蘆名勢の旗がひるがえっているのが見える。斥候《せっこう》の報告によれば、蘆名義広は八ヶ森から一里半ほど南西へ行った、

——高森山

に陣をしいているとのことである。

両軍が陣取る八ヶ森と高森山のあいだに、雑草がまばらに生い茂るだけの、荒涼たる原野が広がっていた。

「あの原は？」

政宗は、案内役として連れてきた土地の者に聞いた。

「摺上原《すりあげはら》と申しまする」

「摺上原……」

「はい。磐梯山が噴き上げた砂塵が降り積もって出来上がった原で、わずかな草木があるほかは、まったくの不毛の地でございます」

「…………」

なるほど、真っ黒な火山灰が原野の表面をおおっている。伊達、蘆名両軍がぶつかり合うとすれば、

（この原だな……）

弦月《げんげつ》の前立《まえだて》をつけた兜《かぶと》の目庇《まびさし》の下で、政宗の隻眼が光った。

空は晴れ渡り、西風が強い。

その風に後押しされるように、蘆名軍が兵を前へすすめてきた。

蘆名の先陣は富田将監《とだしょうげん》。

以下、二陣佐瀬河内守《させかわちのかみ》、三陣松本源兵衛《まつもとげんべえ》、四陣佐瀬大和守《やまとのかみ》、五陣和田大隅守《わだおおすみのかみ》、本陣蘆名義広、後陣室井越前《むろいえちぜん》ならびに沢井越中、左陣羽石駿河守、右陣渋川助右衛門《しぶかわすけえもん》という陣立てである。

蘆名軍は総勢一万六千五百。

対する伊達軍は、二万三千。

兵の数では、伊達方がややまさっている。

だが、いくさは単純に数の力だけで決するわけではない。かつて、人取橋の戦いでは、わずか八千の伊達軍が、三万の佐竹、蘆名連合軍を相手に、対等に戦い抜いたという例もある。

(油断は禁物《きんもつ》だ……)

床几《しょうぎ》に座した政宗は、風に乗って吹きつけてくる砂塵に隻眼を細めながら、先陣の猪苗代盛国らがすすむ前線を見つめた。


辰《たつ》ノ刻(午前八時)――。

戦いの火蓋が切って落とされた。

摺上原に銃声がとどろく。矢が飛び交《か》い、喚声《かんせい》とともに、伊達軍、蘆名軍先陣の槍隊が激突した。

両軍の兵が入り乱れ、喚《おめ》き、刀槍を振るった。

烈しい白兵戦になった。

蘆名方の先陣、富田将監は弱冠二十一歳の若武者である。怖いもの知らずの将監は、朱塗りの大薙刀《おおなぎなた》を振りまわし、葦毛《あしげ》を駆って、伊達軍先陣の猪苗代盛国勢めがけて突っ込んだ。

その勢いに、猪苗代勢はたじたじとなった。

もともと蘆名から伊達方へ寝返ったという負い目がある。ために、猪苗代勢の士気はさほど高くない。

たちまち、総崩れとなり、猪苗代勢に代わって二陣の片倉小十郎勢が前線に押し出される形となった。

富田将監の勢いは衰えない。

西風がますます強くなっている。その風を背に、蘆名方の攻勢がつづいた。

一方、片倉勢は、舞い上がる砂塵を真っ向から浴び、目もあけていられない状況になった。

「ひるむなッ。すすめ、すすめーッ！」

小十郎は味方を叱咤《しった》するが、その声も風の音にむなしくかき消される。

自然の力を味方につけた敵の前に、勇猛をほこる片倉小十郎の勢がなすすべもなく押しまくられていく。

陣形をずたずたにされた片倉勢は、一町（約一〇九メートル）ほども後退した。このとき、小十郎は片倉家累代の大馬標《おおうまじるし》を敵に奪われ、自身の命さえ危《あや》うくなった。

のち、異父姉の喜多《きた》はこの不面目《ふめんぼく》を悔《くや》しがり、

――天下に名を響かせよ。

と言って、「黒釣鐘《くろつりがね》」の大馬標を弟にあたえている。

ともかく、勇将片倉小十郎をしてもどうにもならぬほどの、蘆名勢の怒濤《どとう》の猛攻であった。

十

八ヶ森の政宗は、爪を噛《か》んでいる。

眼前で展開される戦況は、時を追うごとに悪化している。

数にまさる自軍が、一方的に突き崩され、不利に立たされていた。信じられぬ光景である。

(この風さえおさまれば……)

深く爪を噛んだ歯が肉を破り、血がにじんだ。

「使番を呼べッ!」

政宗は叫んだ。

駆けつけた百足《むかで》の旗指物の使番に、

「太郎丸掃部《たろうまるかもん》に、敵の横合いから銃弾を浴びせよと伝えよ」

政宗は命じた。

命令はただちに、鉄砲組頭の太郎丸掃部に伝達された。太郎丸掃部は二百人の鉄砲隊を指揮し、先陣をきる富田勢の側面を狙ってつるべ撃ちした。

騎馬武者がもんどりうって馬からころげ落ちた。徒士侍《かちざむらい》が重なり合うように、つぎつぎと倒れていく。蘆名方に、五十余人の死者が出た。

しかし、それも焼け石に水だった。

騎馬の富田将監が、銃弾をかいくぐって鉄砲組頭の太郎丸掃部に襲いかかり、その首を刎《は》ねた。

蘆名勢は、なおも突きすすんだ。

三陣の伊達成実、四陣の白石宗実が、これを必死に防ぐ。

政宗はじっとしている。

「殿、お味方が危のうございます。何とぞ出撃をッ！」

側近の鬼庭綱元が叫んだ。

「まだ、その時ではない」

「しかし……」

「せいてはならぬ」

政宗は肩ごしに磐梯山を振りかえった。

磐梯山のいただきに黒雲が湧き出している。雲はみるみる広がり山をおおった。

そのとき——。

いままで強く吹きつけていた西風が、不意に止《や》んだ。

と思うと、風は伊達陣の背後から吹きはじめた。

東風であった。

——朝には吹き競いたる西風、俄《にわ》かに東に替わりて、会津の高根《たかね》（磐梯山）下ろし風のいよいよ増すに、鉄砲の烟《けむり》、馬烟、真っ黒に吹きかけたれば、東西も見分かたず、南北も朦《かす》みて、ただ馬の足音、太刀《たち》の鐔音《つばおと》のみ夥《おびただ》し。

と、『会津四家合考《あいづしけごうこう》』にある。

風下に立っていた伊達勢は、一転、有利な風上に立つことになった。味方を苦しめていた砂塵や、鉄砲の硝煙が、今度は蘆名勢の視界をふさいだ。

風向きが変わったのを機に、両軍の勢いもまた変わった。

それまでの猛攻が嘘のように、蘆名先陣の富田将監隊の動きが鈍《にぶ》る。どころか、勢いを盛り返した伊達成実、白石宗実の勢に押しまくられ、後退を余儀なくされた。

これを知った高森山の蘆名義広は、二陣の佐瀬河内守に使番を送り、

「先陣の富田将監と交替せよッ！」

と命じた。

だが、佐瀬河内守はなぜか、まったく動く気配をみせない。

「佐瀬めが……。伊達に寝返るつもりか」

あせった蘆名義広は、次々と使番をつかわし、佐瀬河内守をせっついた。が、やはり、佐瀬勢はその場に根が生えたように留まったままである。

じつは——。

蘆名家累代の家臣である佐瀬河内守は、義広の蘆名家相続に従い、佐竹からついてきた側近の大縄讃岐《おおなわさぬき》、羽石駿河守らの専横《せんおう》の振るまいに、前々から不満を抱いていた。

義広の要請を受けても、

（しょせん勝っても、佐竹派の力が大きくなるだけだ。命を張るほどの義理があるか……）

として、日和見《ひよりみ》を決め込んだ。

その点、蘆名方は戦う前から足並みが乱れていたといえる。

追い詰められた蘆名義広は、

「先陣を見殺しにはできぬ」

と、みずから前線へ出ることを決断した。

旗本四千騎をひきい、義広は摺上原へ打って出た。

このようすを、政宗は八ヶ森の本陣から見ていた。

(来たか……)

政宗は目を細めた。

小桜縅《こざくらおどし》の具足に身をかためた蘆名義広は、まだ顔に少年の稚《いとけな》さを残す十五歳。

かたや政宗は、大将として数々の修羅場《しゅらば》をくぐり抜けてきた二十三歳。

義広のそばには、実父佐竹義重がつかわした大縄讃岐、羽石駿河守らの側近が付いているとはいえ、その実戦経験の差は歴然としている。

政宗は慌《あわ》てず騒がず、義広の馬標が近づくのを見定めながら、

「敵とまともにぶつかってはならぬ。相手が気負いかかって来たら、後ろへ退《しりぞ》いて誘いをかけよ。深追いしてきた敵を、左右に分かれて押しつつみ、一気に殲滅《せんめつ》せよ」

と、旗本隊に命じた。

さしずに従い、伊達の旗本隊一万は無理に前へ押し出さず、満を持《じ》して突進してくる蘆名勢を待ち構えた。

政宗の周到な策を、蘆名義広とその側近たちは知るよしもない。

伊達軍が正面衝突を避けているのをよいことに、前へ、前へと、クサビのごとく烈しく突っ込んだ。

しかし、蘆名方には加勢の人数がないため、摺上原の戦場のまっただなかで、しだいに孤立しはじめる。

ここにいたり、いくさの采配に長じた側近のひとり、沢井越中が、ようやく政宗の仕掛けた策に気づいた。

「殿、退《ひ》かれませッ！　これは、われらを押しつつんで討ち取ろうという伊達の罠です」

「いや、ならぬ」

蘆名義広は勇《いさ》み立った。

「ここで退いたら負けだ。わしは命を賭《か》けて戦い抜く」

「勝負は時の運にございます。お心をしずめられ、黒川城へもどって再起をはかりましょうぞ」

「しかし……」

「殿ッ！」

沢井越中に説《と》き伏せられ、義広はようやく戦場を離れることに同意した。

ここに、戦いの帰趨《きすう》は決した。

屈強《くっきょう》な武者三十余騎に守られ、蘆名義広は退却をはじめた。

「逃がすなーッ！」

砂煙を巻き上げて、伊達軍がこれを追撃する。

家臣たちの捨て身の防戦によって、蘆名義広は追いすがる伊達の追撃隊を振り払い、梨ノ木平を通って、ようやくの思いで日橋川の川べりまでたどり着いた。

しかし、政宗の命により、すでに川にかかる橋は黒脛巾組が焼き落としている。

日橋川は猪苗代湖を水源としているため、水嵩《みずかさ》があり、ところどころ激流が渦巻いて、渡るのに手ごろな浅瀬というものはまったくない。

蘆名義広主従は、やむなく伊達勢の目を避けて川ぞいに二里あまり下り、堂島《どうじま》の橋を渡って黒川城へ逃げもどった。

主君の退却を聞き、蘆名勢は総崩れになった。

敗走する兵たちは日橋川の川岸に追い詰められ、その多くが激流のなかへ転落し、溺死《できし》した。

世にいう、

――摺上原の戦い

は、伊達軍の大勝利に終わった。

蘆名方の死者、三千五百八十余。伊達方の死者、五百余。

黒川城へ逃れた蘆名義広は、伊達軍が城に迫るや、実家の佐竹家を頼り、常陸国へ落ちのびた。ここに、会津の名門、蘆名家は滅びた。

六月十一日――。

降りしきる梅雨の雨のなか、政宗は愛馬大黒に打ちまたがって、会津黒川入城を果たした。

このとき、伊達軍は、伊達成実が作った、

〽さんさ時雨《しぐれ》か

萱野《かやの》の雨か

音もせで来て

濡れかかる

という唄を歌いながら入城したと伝わる。

（ついに、会津を取った……）

政宗にとっての、ひとつの宿願がかなった。

会津を取ったことで、奥州統一の夢がまた一歩、実現に近づいたことになる。

政宗は込み上げる喜びに浸るよりも、むしろ天下への遠大な道のりを思い、粛然《しゆくぜん》と身が引きしまる思いがした。

しかし——。

政宗の会津制覇を聞き、遠い上方で激怒した男がいる。

聚楽第の関白豊臣秀吉であった。

第五章　しずり雪

一

会津《あいづ》盆地は豊饒《ほうじょう》の地である。

周囲をめぐる山々は濃い緑につつまれ、刈り入れどきともなれば、水田は輝くばかりの黄金色にいろどられる。

盆地特有の地形に守られ、奥州に冷害をもたらすやませがまったく吹かないため、他の地域が凶作に苦しんでいるときでも、この地ばかりは稲穂がゆたかに稔《みの》った。また、豊富な水にめぐまれながら、河川の氾濫《はんらん》が少ない。

こうした好条件から、会津は奥州のなかでも、米の生産力がきわめて高く、早くから磐梯《ばんだい》山恵日《えにち》寺を中心とする仏教文化がさかえてきた。

奥羽各地や、関東、北陸へ向かって、
白河《しらかわ》街道
下野《しもつけ》街道
二本松《にほんまつ》街道
米沢《よねざわ》街道
越後《えちご》街道
と、五街道が放射状にのび、交通の要衝《ようしょう》ともなっている。
ために、会津は、
「奥州の要《かなめ》」
と呼ばれ、軍事的、商業的に重要な意味を持っていた。
蘆名《あしな》氏を滅ぼした政宗は、この会津の地に本拠を移すことを決めた。
今後、天下に乗り出していくためには、米沢は北に位置しすぎている。その点、会津は関東に近く、上方方面の動きも迅速《じんそく》につかみやすい。各地に兵を送るうえでも、利便性の高い場所だった。
政宗が本城の移転を触《ふ》れ出すと、家臣らのあいだに動揺がひろがった。住み馴《な》れた米沢を引き払い、一族郎党こぞって新天地へ移るのはおおごとである。

なかには先祖の墓がある米沢を離れたくないと、政宗に直訴《じきそ》する者もいた。

しかし、政宗の決意は変わらない。

「居城は会津黒川《くろかわ》（のちの会津若松《わかまつ》）とする。家臣たちにはそれぞれ、蘆名の旧臣が使っていた屋敷を割り当てる」

政宗は断固たる口調で言い放った。

屋敷の庭には、米沢時代と同じように、樅《もみ》の木を植えよと政宗は命じた。樅は卒塔婆《そとば》に使われる木である。樅を植えることによって、いつ戦場で斃《たお》れても悔いなしとの武士《もののふ》の覚悟を示せということである。

もうひとつ、家臣たちの感情とは別に、現実的な問題もあった。

蘆名氏が入っていた黒川城は、規模が小さく手狭《てぜま》であった。

「このように粗末な城では、外聞《がいぶん》も悪うございます。このさい、伊達家にふさわしい新城をご普請《ふしん》なされてはいかがか」

と、進言する者が多かった。

政宗は、これを笑い飛ばした。

「黒川城はあくまで、仮の居所だ。いつまでも、ここにとどまっているつもりはない。いまは城普請に無駄な金をかけるより、次なる戦いのために軍費を蓄えておかねばならぬ」

会津を手に入れ、奥州制覇に向けて大きく前進したいま、政宗の独眼は、すでに関東を見すえはじめている。

政宗は、黒川城の御殿に母の保春院、妻愛姫《めご》らを呼び寄せることにし、蘆名氏の菩《ぼ》提《だい》寺であった、

——興徳寺《こうとく》
を伊達家の政庁とした。

興徳寺の住職は、妙心寺《みょうしん》派の心安宗可《しんあんそうか》。政宗の師僧、虎哉宗乙と親しく、かねてより伊達家によしみを通じていた人物である。

寺といっても、興徳寺の寺域は広大なものであった。

方二町（約二一八メートル）。

杉木立につつまれた境内《けいだい》に、鐘楼《しょうろう》、客殿、書院、庫裡《くり》、土蔵、浴室などが点在している。書院の裏手に、銘木、銘石を配した庭があり、小滝の落ちる池のほとりに五葉松が枝をのばしていた。

政宗が、興徳寺の書院におもだった重臣を集めたのは、会津入りから二十日後のこ

とである。

顔をそろえたのは、留守政景、伊達成実、国分盛重ら一門衆、浜田景隆、富塚宗綱《つな》、原田宗時《はらだむねとき》、遠藤宗信《えんどうむねのぶ》、片倉小十郎、桑折宗長《こおりむねなが》、白石宗実《しろいしむねざね》、小梁川泥蟠斎《こやながわでいばんさい》ら、政宗をささえる宿老、側近たちであった。

家督《かとく》を継《つ》いで以来、政宗はこうした寄合をつねに持っている。最終的な決断を下すのは自分自身だが、その前に、より多くの幅広い意見を聞くという姿勢を崩さない。

「禅語に、風吹いて百花香《かんば》しと申します。人の意見をいろいろ聞いて、足りないところをおぎなってこそ、花はよい香りをはなつものです」

という、師の虎哉宗乙より受けた教えのためであった。

庭の五葉松が雨に濡れている。

この日は朝から蒸し暑く、じっとしていても、しぜんと腋《わき》の下に汗が滲《にじ》んでくるほどの温気《うんき》が書院に垂れ込めていた。

「先日、会津攻略を報告する急使を聚楽第《じゅらくてい》の関白秀吉に送った。その返事が、昨夜遅く、わがもとへ届いた」

鬱陶《うっとう》しい空気を斬りはらうように、政宗は凛然《りんぜん》たる声で言った。

「して、聚楽第よりは何と？」

政宗の叔父にあたる留守政景が、膝頭《ひざがしら》をつかんで身を乗り出した。

政景のみならず、家臣たちの誰もが気にかかっていたことである。会津を手に入れたことは慶賀すべきだが、関東、奥羽の諸大名に私闘禁止の惣無事令《そうぶじ》を発した秀吉の出方によっては、伊達家の立場は微妙なものとなる。場合によっては、豊臣政権に弓引く叛逆者と見なされ、討伐《とうばつ》を受ける可能性すらあった。

「怒っておる」

「もっともでありましょう」

留守政景が渋い顔でうなずき、

「常陸《ひたち》の佐竹義重が、関白さまに伊達家の非道を訴える直訴状《じきそ》を送ったと聞きおよんでおりますれば」

「いまさら、佐竹が何を騒いでも、起きてしまった事実は変わるものではない。しかし、関白は即刻上洛し、わしみずから、ことの次第を釈明せよと厳命してきた」

「いかがなされるおつもりでございます」

「ふむ……」

政宗は憂鬱そうに眉をひそめ、庭のほうへちらりと目をやった。

雨が止《や》む気配はない。

降りはますます強くなっている。池のおもてが白く波立ち、庭石にしぶきが上がっていた。

「ここで上洛すれば、いままでの苦労が水の泡になる。関白の言いなりにはならぬ」

家臣たちのほうに視線をもどし、政宗は言った。

「しかし、それでは、ますます関白さまのご不興《ふきよう》を……」

「殿の申されるとおりだ、留守どの」

若く怖いもの知らずの伊達成実が、留守政景を睨《にら》みつけた。

「関白が何ほどのことやある。関東には、北条氏政《ほうじょううじまさ》、氏直《うじなお》父子も健在なり。いざとなれば、北条と手を組み、豊臣に与《くみ》する上方大名どもと対決すればよいではないか」

「ことは、そう簡単にはゆかぬ。剛強を誇った薩摩《さつま》の島津《しまづ》でさえ、関白さまの軍門に下ったのだ。ましてや、われらは、すぐ喉元に、佐竹という敵を抱えている。仙道《せんどう》周辺にも、白川《しらかわ》氏、二階堂《にかいどう》氏、石川《いしかわ》氏、岩城《いわき》氏と、佐竹と心を合わせる者どもがいる。これらを従えぬうちは……」

「まさしく、それだ」

留守政景の言葉に、政宗はするどい反応を見せた。

「いまのうちに、仙道の白川、二階堂らを調略する。蘆名が滅んだことで、彼らの心も揺れていよう。従わぬときは、兵を差し向け、討伐するまで」

「それでは、殿は、関白さまの上洛要請を無視なさるのでございますな」

黙って話に耳を傾けていた片倉小十郎が、ここではじめて口をひらいた。

「無視はできぬ」

「されば……」

「成実も申すとおり、われらと豊臣家のあいだには、北条という大きな楯《たて》がある。その楯を突き破らぬ以上、いかに関白といえども、奥羽に直接、手出しすることはできない。外交交渉で時をかせぎ、そのあいだに、奪えるものはすべて奪いつくす」

「魚は釣れるときに釣っておく。それが、釣り人の心得にござりまするな」

川釣りの好きな小梁川泥蟠斎が、目尻の皺《しわ》を深くして言った。

ここに、伊達家の方針は固まった。

政宗は片倉小十郎、遠藤宗信に命じて、上方との交渉にあたらせる一方、仙道諸氏への調略をはじめた。

二

まず、伊達家に靡《なび》いたのは、白河城の白川義親《よしちか》である。

義親は勢いのある政宗に逆《さか》らっても無益と考え、臣下の礼をとることにした。

七月二十六日、政宗は本領安堵の誓詞を与え、白川義親の服属が決定した。

つづいて政宗は、須賀川《すかがわ》城の二階堂氏に使者を差し向けた。

二階堂氏は、畠山氏とならぶ、鎌倉以来の名門である。当主の二階堂盛義《もりよし》はすでに世を去り、未亡人の大乗院《だいじょういん》が女城主として家を守っていた。

大乗院は伊達輝宗の姉で、政宗にとっては伯母にあたる。

このため、

（二階堂の調略はたやすいか……）

と思われたが、意外にも、家中で人望を集める大乗院が、

「名門二階堂家が、奥羽の秩序を乱す伊達の風下に立つわけにはいかぬ」

として、政宗からの臣従の要請をはねつけた。

十月二十日、政宗は黒川城を出陣。矢田野《やたの》城、横田《よこた》城と、二階堂方の支城を攻め落

としながら、須賀川城にせまった。
城を明け渡して降伏せよと、政宗は伯母の大乗院に勧告したが、意地になった大乗院は徹底抗戦の構えを見せた。
兵力にまさる伊達軍は、八幡崎《はちまんさき》口、雨呼《あまよばり》口から城内に乱入。門や櫓《やぐら》に火をつけてまわった。死力をつくして戦ったものの、大乗院は捕らえられ、須賀川城は陥落した。
さらに、十一月になって、石川《いしかわ》郡三芦《みよし》城の石川昭光《あきみつ》、大館《おおだて》城の岩城常隆《つねたか》が、あいついで伊達家に帰属したいと申し入れてきた。
これにより、仙道は完全に政宗の掌握《しょうあく》するところとなった。
長いあいだ、土豪たちの小競《こぜ》り合いと馴《な》れ合いのなかに眠っていた奥羽は、政宗を中心にして、大きな地殻変動を起こしはじめている。
伊達家の支配地域は、政宗の家督相続からわずか五年にして、
現在の宮城県の南半分
相馬《そうま》領の浜通《はまどお》りをのぞく福島県全域
山形県南部
新潟県の東蒲原《かんばら》郡

栃木県の一部にまでおよぶ広大なものとなっていた。さらに、礼聘《れいへい》関係を結ぶ大崎《おおさき》、葛西《かさい》の領土（宮城県北部、岩手県南部）を加えれば、南奥羽一円は伊達家の色に塗り替えられたといっていい。

総石高、百五十万石。

奥州五十四郡と出羽十二郡、合わせて六十六郡のなかばに近い三十余郡を、政宗は怒濤《どとう》の勢いで手に入れた。

このままであれば、政宗の宿願である奥羽統一の日は近い。

しかし、それがこれまで以上に困難な事業であることは、政宗自身が骨身に沁《し》みるように知り抜いていた。

関白秀吉という巨大な影が、

（せまっている……）

政宗が肌に感じる圧迫は、会津攻略以来、日増しに強まりつつある。

すでにこの年七月、秀吉は越後《えちご》の上杉景勝《うえすぎかげかつ》、および常陸の佐竹義重に対し、

「伊達政宗討つべし」

と、命を下している。

これは、実質的な討伐命令というより、惣無事令にそむいて、積極的な軍事活動をおこなう政宗への、

——脅《おど》し

としての意味を持っている。

すなわち、

「いままでは、多少の悪戯《いたずら》には目をつぶってきたが、これからは断じて赦《ゆる》さぬ。わが威に従わねば、容赦なく攻め滅ぼすぞ」

秀吉は、政宗の喉もとに刃を突きつけたのである。

その一方、秀吉は側近の施薬院全宗《やくいんぜんそう》、千利休《せんのりきゅう》、さらには配下の富田知信《とみたとものぶ》、浅野長政《あさのながまさ》、前田利家《まえだとしいえ》らを通じ、政宗に早期の上洛をせまってきた。

飴《あめ》と鞭《むち》、高圧的な恫喝《どうかつ》と側面からの誘いを使い分け、硬軟自在に揺さぶりをかけてきたといえる。

これに対し、政宗は家臣の遠藤不入斎《えんどうふにゅうさい》を京へ送るなどして、ひたすら恭順の意をしめしながらも、上洛そのものには明確な回答を与えない。

たとえ、それが刃物の上を渡るような危険な賭《か》けだとしても、

（秀吉と天下を分けるほどの勝負ができたら、明日には死んでもいい。最後の最後、

ぎりぎりの瞬間まで、おれは志を捨てぬ……）

政宗は思った。

十二月一日、政宗は会津黒川城に帰還した。

会津の山野はすでに、うすく雪をかぶっている。

米沢もそうであったが、盆地の冬は厳しい。老朽化した城は障子《しょうじ》や雨戸の立てつけが悪く、足の裏から底冷えがした。

黒川城には、母の保春院をはじめ、昨年暮れに元服した弟小次郎《こじろう》（幼名、竺丸《じくまる》）、乳母の喜多《きた》らが引き移っていた。

さっそく、太り肉《じし》の体に納戸《なんど》色の小袖を着た喜多が、凱旋《がいせん》の祝いをのべに来た。小袖は地味だが、そこだけは女らしく、朱の細帯をしめている。

「またしても、ご勝利とのよし。殿をお育て申した喜多も、鼻が高うございます」

喜多は誇らしげに頭を下げた。

「まだご挨拶にうかがっておらぬが、母上と小次郎は壮健か」

「それはもう」

喜多は唇をすぼめ、

「保春院さまは、会津の五郎兵衛《ごろべえ》飴がことのほかお気に召しましたようで、お見受けしたところ、ややお太りになられたようにございます」

「さようか」

「ただ、城のなかでも保春院さまのお住まいの西ノ丸御殿だけは、大工を入れ、美々しく飾り立てたと申しますのに、やれ隙間風が入る、部屋が狭いと、ご注文が多く……」

「好きに言わせておけ」

喜多が、小次郎に肩入れして奥向きで権勢を振るう保春院に、おもしろからぬ気持ちを持っていることはわかっていた。小次郎は匂うような若者に成長している。馬を乗りまわすよりも、和歌や連歌が好きで、性格も優しく保春院だけでなく、奥の女たちに人気があった。母が小次郎をかわいがればかわいがるほど、喜多はむきになって対抗心を燃やしている。

だが、政宗は、女どうしのいがみ合いにかかわり合うつもりはない。

「それより、愛《めご》の姿が見えぬようだが」

「奥方さまにも、困ったものでございます」

喜多がおおげさに眉をひそめた。

「あとでまいると仰《おお》せられながら、いっこうに、こちらへお移りになる気配がございませぬ」

「まだ、米沢に残っていると申すか」

「はい」

「なぜだ。何の不足がある」

「さあ……」

と、喜多は首をかしげ、

「ご実家の田村家の相続のことで、筋違いにも殿をお恨みになっているのでございましょうか」

「ばかな」

政宗は吐き捨てた。

愛姫が伊達家に嫁《とつ》ぐさい、父の田村清顕《きよあき》は、政宗とのあいだに生まれる二人目の男児を田村家の跡取りに迎えるという約束をしていた。しかし、いまだに子はできず、当の清顕は後継者のないまま、病で世を去った。

清顕の未亡人は、自分の甥の相馬義胤《よしたね》に三春城をゆずりわたそうとしたが、政宗がこれを武力で阻止。田村一族の孫七郎宗顕《まごしちろうむねあき》を当主にすえた。

当主とはいっても、実態は政宗のあやつり人形に過ぎない。名門田村家は、伊達家の臣下となっていた。

愛姫が恨むとすれば、政宗が奥羽統一の野望のために、妻の実家でさえも平然と踏みつけにしたことであろう。

しかし、それは、

（力なき者が力ある者に呑み込まれていくのは、やむを得ぬことだ……。それしきのことが、なぜわからぬ）

政宗は、おのれを理解せぬ妻に怒りをおぼえた。

政略結婚によって結ばれた二人だが、政宗のなかに愛姫への情がないわけではない。むしろ、妻の可憐《かれん》さ、内にあわあわとした光を秘めた白珠のような美しさを、政宗は狂おしいほどいとしく思っている。

だからこそ、腹立たしかった。

もっとも大事に思う者が、自分の意のままにならぬことが、何としても我慢ならなかった。

政宗は若い。

北天に、おのれほど勁《つよ》く輝く星はないと信じている、怖いもの知らずの二十三歳である。弱い者の心を思いやる優しさは、いまだ持ち合わせていなかった。

「誰もかれも、勝手にすればよい。女のわがままには付き合えぬ」

政宗は内心の不快さを隠そうともせずに言った。

「喜多」

「はい」

「冷え込んできたせいか、落馬の古傷が痛む。火桶を持て」

「それはいけませぬ」

乳母として、政宗を何ものにも代えがたく思っている喜多が、あわてたようすで膝をにじらせてきた。

「いかがでございましょう。この雪では、もはや合戦はできませぬ。ご療養のため、湯治《とうじ》にまいられては」

「湯治か」

「土地の者の話では、杉目《すぎのめ》（現在の福島市）の近くに、日本武尊《やまとたける》もお入りになったという、霊験《れいげん》あらたかなよき湯が湧いているそうにございます。名を、飯坂《いいざか》ノ湯と」

「ふむ……」

喜多の話に、政宗は心が動いた。

三

飯坂ノ湯は、会津黒川城下から土湯《つちゆ》街道を行くこと十五里（約六〇キロ）。阿武隈《あぶくま》川の上流、摺上《すりかみ》川の流れに沿ってひらかれた古湯である。

古代、このあたりは大和《やまと》朝廷の支配の北限となり、蝦夷《えぞ》征討の拠点ともなっていた。

そのためか、飯坂発祥の湯とされる「鯖湖《さばこ》湯」には、日本武尊が入浴したという伝説があり、鳴子《なるこ》、秋保《あきう》とともに、

——奥州三名湯
と、称されてきた。

その後、奥州藤原《ふじわら》氏の家臣で「湯ノ庄司」と呼ばれた佐藤基治《さとうもとはる》が、あたり一帯を支配した。基治の二人の息子が、九郎判官《くろうほうがん》源　義経《みなもとのよしつね》に付き従い、悲劇の死をとげた佐藤継信《つぐのぶ》、忠信《ただのぶ》兄弟である。

源頼朝《よりとも》の奥州平泉攻めで佐藤氏が滅ぶと、伊達氏の一族、飯坂氏がこの地を領するようになり、飯坂城を築いた。

当代の城主飯坂右近将監宗康《うこんしょうげんむねやす》は、伊達家の譜代であり、湯治中、政宗の身辺に危害がおよぶ気遣いはなかった。

「飯坂どのの屋形にご逗留《とうりゅう》なされませ」

と、喜多は言ったが、政宗は余計な世話を焼かれることがわずらわしく、飯坂城下からやや離れた天王寺《てんのうじ》なる古刹《こさつ》に宿をとることにした。

供は、近習《きんじゅ》、小者をそれぞれひとりと、警固のために黒脛巾《くろはばき》組の芭蕉を連れているだけである。

伊達家当主としての日ごろの重圧から解《と》き放たれたようで、政宗の心は軽かった。

雪道を踏みしめてゆく、愛馬小枝《さえだ》の足どりもかろやかである。

早朝に会津を発《た》って、その日の夜遅く、飯坂ノ湯に着いた。

この時代の湯治場は、内湯というものがない。湯治客たちはそれぞれ、自炊の湯宿に泊まり、外湯（共同浴場）の鯖湖湯に入りにゆく。

天王寺にわらじを脱ぐと、政宗はさっそく、外湯へ湯浴《ゆあ》みに行くことにした。

もう、人も寝静まろうかという時刻だったが、雪道を寒風にさらされ、体が芯まで冷えきっている。一刻も早く湯に浸《つ》かり、かじかんだ手足をあたためたかった。

鯖湖湯へ行こうとすると、寺の住職が政宗を引きとめた。

「鯖湖湯は、寺より二十町（約二・二キロ）も離れておりますゆえ、せっかくご湯治なさっても湯ざめしてしまいます。それに、近在の者どもが多くやって来ますれば、何かと騒がしゅうございましょう。当寺の門前近くに、小さな湯小屋がございますれば、そちらへお出でになられてはいかがです」

「そのようなところでは、湧き出す湯の量も少ないのではないか」

「ご心配にはおよびませぬ」

住職は首を横に振り、

「門前の湯はご城主飯坂さまのお留湯で、岩風呂に湯が滾々《こんこん》と湧き出しております。ご城主さまをはばかり、ふだんは近づく者もありませぬ」

すすめに従い、政宗はそちらへ湯浴みに行くことにした。

住職がつけてくれた寺の小僧の案内で、外へ出た。吐く息が白い。凍《い》てつくような夜空に、満天の星がまたたいている。

湯小屋は、寺の山門を出てすぐ右手にあった。

飯坂氏の留湯をしめす印なのであろう。小屋のまわりに、九曜《くよう》の紋を染めた幔幕《まんまく》が張りめぐらされている。

湯小屋の前で、小僧は一礼して立ち去り、見張りの近習を外に残して幕のうちに足を踏み入れた。

入ったところは、すぐに脱衣所になっている。なかは灯明《とうみょう》がひとつともされただけで、足もとも見えぬほどに薄暗い。

政宗は革袴、小袖を脱ぎ捨てた。乗馬や水練で鍛《きた》え上げた若い体には、無駄な贅肉《ぜいにく》がいっさいない。

素っ裸になって、木の階段を下りた。

下りきったところに岩風呂があり、もうもうと湯気が立ちのぼっている。

飯坂家の留湯というだけあって、湯船はひろく、まわりにヒノキの簀《す》ノ子を敷きつめた洗い場があった。

素肌に夜気が突き刺さるようである。

政宗は掛け湯をする間ももどかしく、岩風呂にふかぶかと身を沈めた。

（おお……）

肌に、湯が沁みわたってきた。手足の指先がじんじんと痺《しび》れるようである。

湯船から溢れる湯は透《す》きとおっている。鼻腔《びこう》をうるおいで満たす、温泉特有の豊かな匂いがした。

喜多の話では、飯坂ノ湯は、打ち身や捻挫、腰の痛みなどに卓効があるという。

「雪下ろしで屋根から落ちた老爺《ろうや》が、三日湯に浸かっただけで痛みが取れ、しゃんと歩けるようになったと申します。またの機会には、喜多もぜひお供したいもの」

ほほと袂《たもと》で口を押さえて笑い、喜多がややうらやましそうな目で見送った。

星が美しい。

仰ぎ見ると、はるか北天に七つ星がつらなっていた。

東国の武士のあいだには、古くより根強い北斗《ほくと》信仰がある。北の天にあって不動の北極星は、星のなかの王であり、それを中心にして煌《きらめ》く北斗七星は、王を守護する武人になぞらえられた。

征夷大将軍坂上田村麻呂《さかのうえのたむらまろ》は、蝦夷を討伐《とうばつ》したさい、津軽《つがる》の地に、北斗七星をかたどって七つの神社を配し、みずからが平らげた北の民の鎮魂《ちんこん》をおこなったという。

伊達家につたわる軍配団扇《ぐんばいうちわ》にも、漆黒の地の上に金色の北斗七星があざやかに描かれていた。

(北斗の王……。あの星々のごとく、おれも勁《つよ》く輝いてみせよう)

腰におぼえていた鈍い痛みはうすれ、いつしか満身に力がみなぎっていた。

ふつふつと、額《ひたい》や首筋から汗が湧いてくる。

体が熱くなるとともに、何かとてつもなく猛々《たけだけ》しい、巨大な竜のようなものが、身のうちで荒れ狂い、咆哮《ほうこう》をあげているような気がした。

そのとき、近くで、

——ドサリ
と、音がした。

何かが落ちるような物音である。

とっさに身構えつつ、政宗は音のしたほうを睨んだ。

雪をかぶった灌木《かんぼく》の向こうに暗闇が広がっている。深い闇は沈黙につつまれ、そこには何者の姿もない。

ふたたび、音がした。

（しずり雪か……）

政宗は目を細めた。

岩風呂から立ちのぼる湯気にあたためられたのであろう。樹上に積もった雪が、溶けてずり落ちたのだった。

緊張をゆるめ、政宗は湯のなかで目を閉じた。

ふと、妻の愛姫のことを思い出した。

（ばかなやつ……）

と、胸のうちではつぶやいてみたが、体の奥で生まれた猛き竜が、愛姫の雪肌をもとめている。それは、理屈ではない。

長陣の禁欲もあり、政宗は欲望が鬱《うつ》していた。瞼《まぶた》のうらに、妻の形のいい胸が、美しい尻が、ふくらはぎが、ありありと見える気がした。

湯の香りにまじって、女の甘酸っぱい肌の匂いがした。

目をあけた。

湯気の向こうに、影があった。

四

妙齢の女だった。

肩の線がやわらかく湯に溶け込み、長い黒髪を白紐でくくり上げている。それが岩風呂のすみに身をよせていた。

（いつから、ここにいた……）

不覚にも政宗は気づかなかった。

湯気が立ち込めているのと、岩風呂に立っている巨《おお》きな金精さま（男根をかたどった大石）が視界をさえぎっていたせいかもしれない。

木立のほうを向いているので顔立ちはわからないが、ほんのりと色づいたうなじが、眩《まばゆ》く政宗の目を灼《や》いた。

政宗が見つめていると、女が振り返った。

おどろいたようすはない。首をかしげるように、かるく会釈《えしゃく》をした。

「星が美しゅうございますね」

女が、政宗に微笑みかけてきた。

「そなた、何者……」

「誰でもよろしゅうございましょう。こちらへ来て、一緒に星を眺めませぬか」

腰骨が痺れてくるほど、艶《つや》めいた声である。

女がそこに身を浸しているだけで、湯は妖《あや》しい蜜の香りを放ちそうであった。

一瞬、迷った。

（得体が知れぬ……）

雪の精ではあるまいかと思った。

北国には、雪女郎の伝説がある。雪とともにあらわれる、女の妖怪である。顔の色は透き通るように白く、体は氷よりも冷たいといわれた。

しかし、見たところ、女は血の気《け》のかよった生身の人のようである。

政宗が警戒するように睨んでいると、女は湯から腰を浮かせ、恐れげもなく近づいてきた。

ほっそりとした顔立ちのわりに、乳房が豊満で、腰が細くくびれ、尻の肉づきもゆたかだった。

年は十八、九だろう。

近くで見ると、目が細く、やや吊り上がり気味だが、ぽってりとした唇に人の心をなごませる愛嬌《あいきょう》があった。

大胆にも、女が政宗のかたわらに身を寄せてきた。

すべらかな肌が、油をひいた磁器《じき》のようにぬめっている。湯のなかで揺れる白い胸に、しぜんと視線が吸い寄せられた。

「そなた、怖くないのか」

女の裸体から目をそむけ、政宗は言った。

「怖いとは、何が？」

「この独眼だ。生みの母でさえ、潰れたわが眼を醜《みにく》いと言い、嫌って遠ざけた」

「不動明王のようです。霊験あらたかなお不動さまを怖がる者はおりませせぬ」

喉の奥で、女がくつくつと笑った。

伊達家の当主政宗が独眼なのは、奥羽では知らぬ者のない事実である。とすれば、この女は、政宗の正体を百も承知していることになる。

知っていて、まるで肌を知り合った相手のような馴れた口をきくとは、いったいどういう素性《すじょう》の女であるのか——。

（もしや、佐竹の諜者《ちょうじゃ》……）

政宗が不審をおぼえ、

「そなたは……」

強く問いつめようとしたとき、

「黙って」

不意に、女は顔を近づけてきた。と思うと、政宗の唇に、やわらかな感触の唇が重なり合った。

熟《う》れた果実の味がした。

胸板に女の乳房が触れ、そこから、何かあたたかいものが体に流れ込んでくるようであった。

思わず、政宗は女の腰を抱き寄せた。唇を激しく吸い、舌をからめた。

放胆だった女が、その瞬間、びくりと身を震わせた。

「そなたは雪女郎か。それとも、どこぞの間者か」

女から顔を離し、政宗は言った。

「雪女郎でも、間者でもありません。あなたさまのお力なしでは生きられぬ、かよわい猫……」

「猫とな」

「はい」

女が小さく、

——ミャオ
と仔猫が甘えるような鳴きまねをした。

その声、しぐさ、謎めいたかわいさが、政宗の心から固い鎧《よろい》を取り去った。

（ままよ……）

理性に靄《もや》がかかり、抑えていた本能が一気に噴き出した。

熱く猛った炎をしずめるには、欲望に身をまかせるしかない。

政宗は、ふたたび女の唇をもとめた。

もとめながら、女の胸をつかみ、荒々しく揉みしだく。

女は逆《さか》らわなかった。

舌と舌がもつれるようにからみ合い、紅い唇からかすかなあえぎ声が洩《も》れた。

長い愛撫ののち、政宗は湯船のなかで揺らめく、女の若草の茂りに指をのばした。

そこはすでに、湯よりも熱く、蜜を溢れさせている。

政宗は女を抱え上げると、自分の腰の上にまたがらせた。若い政宗の男のしるしは、強い力をみなぎらせ、天に向けてそそり立っている。

一息につらぬいた。

「あッ」

と、女の口から短い叫びが洩れる。

政宗はかまわず、腰を突き上げ、女を攻め立てた。

その営みを、七ッ星が冷たく眺めおろしている。

女の濡れた黒髪がほどけ、顔、肩、張りつめた乳房にまとわりつき、凄絶な美しさであった。

政宗は存分に女を味わった。

やがて、肌を刺す夜気の冷たさに、ふと我に返ると、

「明晩も、ここで」

女は政宗の耳もとに低くささやき、湯小屋を出ていった。
政宗は茫然としたまま、女の後ろ姿を見送った。

その夜は、寺の庫裡で夢も見ずによく眠った。
日が高くなってから目覚めると、
(あの女は何者だったのだろう……)
政宗の手のなかに、女のしめった肌の感触がよみがえってきた。
たがいに、名も告げずに別れた。
女がした猫の鳴きまねが、耳の底に残っている。
(よき肌の女だった……)
妻の愛姫にはない、男の心をくすぐる色香とかわいらしさが忘れられない。
今宵《こよい》も、
(会えるか……)
と思うと、下腹がずきずきと痛むように疼《うず》いてきた。
と、そこへ、
「殿、お目覚めでございますか」

障子の向こうで近習の声がした。あわてている。

「何ごとかッ」

政宗はがばりと身を起こし、障子をあけて縁側へ出た。

「片倉小十郎どのより、急使がまいっております。ただちに、黒川城へご帰還あられたしと」

「何があった」

政宗は近習を睨んだ。

「京の関白さまが、北条氏に宣戦布告状を送りつけ、諸大名に小田原討伐の軍令を発せられたと……」

「何ッ！」

政宗の顔が、するどくゆがんだ。

「馬の用意をせよッ」

「はッ」

「すぐに城へもどる」

昨夜の女のことは、一瞬にして頭から消え失《う》せていた。

政宗は着替えをすませると、庭に牽《ひ》き出された愛馬小枝に飛び乗った。

雪を蹴散らしながら、まっしぐらに駆けた。

そのあとを、近習が追いかける。

普通なら馬で丸一日かかるところを、半日で駆けとおし、その日の夕刻には黒川城下の興徳寺にたどり着いた。

興徳寺では、片倉小十郎、伊達成実、遠藤宗信、そして米沢の覚範寺《かくはんじ》から駆けつけた虎哉宗乙が、深刻な表情で政宗を待ち受けていた。

五

秀吉が北条氏に宣戦布告し、諸大名に小田原攻めの軍令を発したのは、十一月二十四日のことである。

宣戦布告状は、急使によって駿府《すんぷ》の家康のもとへ運ばれ、それを引き継いだ家康が北条氏直のもとへ送り届けた。

布告状の内容は次のとおりである。

「北条氏政、氏直父子は、王命を軽んじて朝廷に出仕せず、関東に勢力を張ってほしいままの振る舞いをしている。余が与えた真田昌幸《さなだまさゆき》の所領、上野《こうずけ》国名胡桃《なぐるみ》を収奪するとは、無礼千万のおこないもその極みに達したというべきである。

余は少壮のおり、故右府《うふ》信長《のぶなが》公に従軍いたし、野戦をおこなって功名を積み、ついに中国征伐の重任を受けた。はからずも、本能寺の変に遭遇《そうぐう》したが、逆臣明智光秀《あけちみつひで》を誅《ちゆう》して右府の恩顧《おんこ》に報《むく》い、その大業を継承して関白の位をいただいたのである。

その後、天子を助け、戦乱をおさめ、そむく者は誅し、従う者はこれをねぎらい、いまや東海、東山、北陸、山陰、山陽、南海、西海、七道の武将で余の指揮下に入らぬ者はない。しかるに、そのほうどもだけが、天地の公道にそむき、人臣の礼節を捨てている。天下にたった一人でも、勅にそむきながら誅戮《ちゆうりく》をまぬがれる者があってはならない。来春、われらが節鉞《せつえつ》を奉じて、そなたら父子の罪をただすことに相なろう」

すなわち、秀吉は年明け早々にも、相州小田原へ北条討伐の軍を送り込むと通告したのである。

北条家当主の氏直とその父氏政は、かねてより、この事態を予想していた。

初代早雲《そううん》以来、五代百年にわたってつづいてきた北条氏には、〝関東の王〟としての誇りがある。

これまでは先代の氏政、その弟氏照《うじてる》をはじめとする主戦派を、和平を模索する氏直

がかろうじて抑えていたが、ことここに至り、氏直も、
「戦いあるのみ」
と肚《はら》をくり、領内に総動員令をかけた。
小田原城をはじめ、
上野厩橋《うまやばし》城
下野《しもつけ》壬生《みぶ》城
武蔵《むさし》鉢形《はちがた》城
武蔵八王子《はちおうじ》城
武蔵忍《おし》城
相模《さがみ》玉縄《たまなわ》城
伊豆《いず》韮山《にらやま》城
伊豆下田《しもだ》城
など、関八州百ヶ城におよぶ支城に、兵糧米、武器弾薬、秣《まぐさ》などが続々と運び込まれた。また、諸将の離反を防ぐため、妻子を人質に取り、各地の城に押し籠《こ》めて臨戦態勢をととのえた。
その一方で、氏直は開戦を一日でも引き延ばすべく、妻督《とく》姫の実父にあたる徳川家

康に書状を送り、豊臣家との調停を依頼した。

北条氏と同盟関係にある伊達家にも、急使が来た。

ひとつは、上洛をうながす秀吉からのものである。

そしてもうひとつは、軍事協力を要請する北条氏直からのものであった。

「ついに、来るべきときがまいりましたな」

片倉小十郎が、政宗の目を真っすぐみつめて言った。

「戦いは来春か」

秀吉と氏直、両雄からの書状を前にし、政宗は眉根ひとつ動かさない。巌《いわお》のごとき表情のままである。

「早くて正月明け、遅くとも二月の初旬までには、関東へ向けて諸将の軍勢が動き出しましょう」

上方との交渉役の遠藤宗信が、情勢を分析する。先代輝宗に殉死した遠藤基信の子で、わずか十八歳だが、政宗は宿老に抜擢した。

いまや、急成長をつづける伊達軍の中心は、政宗のまわりの若手たちであった。

「東海道筋の先鋒は、徳川家康にまちがいなし。北国の前田、上杉も、峠越えで上州へ進軍いたしましょう。かねてより、豊臣家に意を通じる佐竹義宣《よしのぶ》、宇都宮国綱《うつのみやくにつな》も、下野方面の北条支城に攻めかかる所存かと」

「いかがなされる、殿」

伊達成実が、血走った目で政宗を睨んだ。これも、二十二歳。

「その前に、ひとつ、あきらかにしておかねばならぬことがある」

「何でございます」

片倉小十郎が政宗に向かって聞き返した。

政宗はつねに決断が早いのだが、今回にかぎっては、即座に態度を決しようとしないのが、小十郎には不審だった。

「関白は、なにゆえ北条氏を攻めんとするのか」

「それは、度重なる上洛要請にも、北条が応じなかったからでございましょう」

小十郎は、何をいまさらといった顔をした。

「ちがうな」

政宗は首を横に振った。

「どういうことでございます」

「もっと深いたくらみが、小田原征伐の陰にはある」

「………」

小十郎はむろんのこと、伊達成実や遠藤宗信にも、政宗の言わんとするところがわからない。

「徳川でございましょう」

と、よく通る声を響かせたのは、墨染《すみぞめ》の衣に身をつつんだ虎哉宗乙だった。

「こたびのいくさは、さきの九州攻めとよく似ております。あのおり、直接の敵は薩摩の島津義久《よしひさ》でありましたが、その裏で関白殿下は、戦いの先鋒を命じた毛利輝元《もうりてるもと》の、豊臣家への忠義のほどをためしたのです」

「なるほど」

片倉小十郎がうなずき、

「毛利氏は、故織田右府の覇業を継いだ関白との直接対決をへずして、豊臣政権に加わった。その忠節心をはかるには、島津攻めの戦場で、毛利がどれほど汗を流すか見定める必要があったのだな」

「しかり」

「とすれば、今度の北条攻めは、豊臣に臣下の礼を取りながら、いまだ懐《ふところ》のうちに刃物を隠している徳川をためすための戦い……」

「そういうことになりましょう」

虎哉が、黙り込んでいる政宗のほうに目を向けた。

「ためされているのは、徳川だけではございませぬぞ」

「…………」

「小田原へ石を投げ込むことにより、関白殿下は東国諸大名すべての動きをじっと見ております。おのれに牙を剝《む》くか、それとも頭を垂れて跪《ひざまず》くか……。今後のご判断によって、伊達家の運命が決します」

「いまさら、師僧に言われずともわかっている」

政宗は言い、

「しかし、逆《さか》らうか、屈服するか、道は二つきりではあるまい。いくさがはじまるまでに、おれは第三の道を探す」

「そのような、都合のよい道がございますかな」

「雨中に杲日《こうじつ》を看《み》、火裏《かり》に清泉《せいせん》を酌《く》むという言葉を師僧から聞いたことがある。雨のなかで輝く太陽を見、火のなかから清らかな水を酌み上げるような自由自在な心の働きがなければ、欲するものをつかむことはできまい」

政宗が心から欲するものは、

——天下

それ以外にない。

その野望を棄《す》てぬためにも、やすやすと秀吉の前に頭を下げるわけにはいかなかった。

六

政宗らの予想どおり、小田原攻めの先鋒には、徳川家康が命じられた。十二月十三日のことである。

この家康をはじめとする東海道勢は、

蒲生氏郷《がもううじさと》
豊臣秀次《ひでつぐ》
織田信雄《のぶかつ》
細川忠興《ほそかわただおき》
筒井定次《つついさだつぐ》
浅野長政《あさのながまさ》
石田三成《いしだみつなり》

宇喜多秀家《うきたひでいえ》
ら、総勢十七万。
信濃路《しなの》を通って、上野方面へ攻め込む北国勢は、
前田利家
上杉景勝
真田昌幸
ら、総勢三万五千。
そのほか、海上から船で小田原にせまる水軍勢に、九鬼嘉隆《くきよしたか》、加藤嘉明《かとうよしあき》、脇坂安治《わきざかやすはる》、長宗我部元親《ちょうそかべもとちか》、総勢一万四千がいた。
これに、秀吉の本隊三万五千が加わる。あわせて二十五万四千の大軍である。
これに対し、北条軍は相模、伊豆、武蔵、上総《かずさ》、安房《あわ》、上野の六州、下総《しもうさ》、常陸、下野の大部分、さらに駿河の黄瀬川《きせ》以東、あわせて二百八十五万石の大領から、総勢七万余を動員した。
北条方は、本城の小田原城はじめ、諸国の支城に籠もって豊臣軍を迎え撃つ、
――籠城戦
の構えをとった。

籠城戦は、古来、北条氏の得意とするところである。

かつて、上杉謙信、武田信玄という戦国最強の両雄に、それぞれ小田原城まで迫られながら、これを籠城によって撃退したという実績がある。

小田原の地は、背後に箱根の連山を背負う要害の地である。城下町の南側には、金粉を撒《ま》き散らしたように光る相模の海がひろがり、遠州《えんしゅう》灘から伊勢湾、太平洋の黒潮の道を結ぶ海上交通の要衝《ようしょう》でもあった。

北条氏初代の早雲は、伊豆韮山から関東へ進出するさい、この軍事、経済の利便性にすぐれた場所に本拠をさだめ、以来、小田原は、京の都にも比肩《ひけん》するほどの繁栄をほこってきた。

人口十万をこえる当時の小田原のようすを、

――津々浦々の町人、職人、西国、北国よりむらがり来る。鎌倉《かまくら》もいかで是程《これほど》あらんやと覚ゆるばかりに見えにけり。

と、『小田原記』は、しるしている。

北条氏は、町ぜんたいを、

――惣構《そうがま》え

と呼ばれる堀と土塁で、周囲五里（約二〇キロ）にわたって囲んだ。これは、中国の都城を模したものである。

すなわち、町人町をふくんだ城下ぜんたいを一大城塞都市にすることにより、長期の籠城戦を可能にしたのである。小田原城が、難攻不落といわれるゆえんである。いかに豊臣軍が、東海、西国、北陸の大名を総結集した大軍勢といえど、これを陥落させるのは容易ではないと思われた。

年が明けた天正《てんしょう》十八年（一五九〇）、正月――。

会津黒川城の伊達家では、新年恒例の鉄砲撃ち初め、螺《ほら》吹き初め、野はじめなどの諸行事が、雪吹きすさぶなかでおこなわれた。いずれも、おだやかな新年を屠蘇《とそ》気分で祝うというより、東国の尚武の気風をあらわす軍事演習に近いものである。

年が明けても政宗はまだ、北条に加勢するか豊臣軍に馳《は》せ参ずるか、明確な態度を表明していない。

連歌《れんが》や能の乱舞初め、囲碁などに打ち興じ、腹心の片倉小十郎らを相手に、小田原攻めの話題を口にすることもなかった。

政宗の妻愛姫は、昨年の暮れ、ようやく米沢城を引き払い、会津黒川へ引き移ってきている。

どこか心にわだかまりを持つ夫婦は、年があらたまっても会話らしい会話もなく、政宗は宿所にしている城下の興徳寺に暮らし、愛姫は城中の御殿に暮らすというすれ違いの生活がつづいていた。

むろん、そんな具合であるから、飯坂ノ湯で会った、

――猫
のごとき女のことを、政宗は妻に話していない。正体もわからず、あれきり会いに行く機会もなく、胸の片隅に刺さった小さなとげのように気にかけながら、打ち捨てたままになっていた。

そんなある日、興徳寺に保春院が乗り込んで来た。

政宗には、けっして母らしい顔を見せぬ保春院だが、この日はいつもよりいっそう、表情が険《けわ》しい。憤怒《ふんぬ》の相を浮かべる阿修羅《あしゅら》に似ていた。

「そなた、どういうつもりです」

保春院は、秀衡《ひでひら》塗りの碁盤を前にしている政宗をきつい目で睨《にら》みつけた。

「何かご不審のことでもございましたか」

政宗は母をちらりと見上げ、ふたたび盤上に目を落とした。

碁盤の上には、黒白の石が並べられている。碁石を盤の上に配して、今後の戦略を練っているのだった。

「そのように、碁などに興じて……。いまがどのようなときか、そなたにはわかっておるのかや」

「正月、でございますな」

政宗は手にした白石を、黒石の横にパチリと置いた。

保春院は色白の顔をさっと紅潮させ、

「正月も何もあるまい。伊達家の行くすえを決めるべき、大事なときです。それを、そなたは……」

「母上のご心配、十分に承知いたしております」

「ならば、すぐに用意をなされよ」

「何の用意ですか」

「決まっておる。関白といくさをする用意ではないか」

「関白に一戦を挑めと、母上はさよう申されるのか」

政宗ははじかれたように、独眼を母に向けた。

保春院は、義姫と呼ばれた娘のころから気の強い女である。主戦をとなえても不思議はない。

「伊達家を守るためです」

「…………」

「よいか」

　と、保春院は身を乗り出した。

「そなたの父上は、佐竹に対抗するため、長年にわたり北条とよき関係を築いてきた。北条が崩れれば、西国の武者どもは、この奥州、出羽に土足で踏み込んでまいりましょう。そのようなことは許してはならぬ。これは、伊達家のみならず、東国の誇りをかけた戦い」

「しかし、母上。母上のご実家最上家は徳川を通じて、すでに関白に帰順の意を伝えていると聞いておりますぞ」

「最上の兄上は血迷うておられるのじゃ。わたくしが説き伏せ、東国武者の誇りを思い出していただく」

「……」

「家中でも伊達成実、原田宗時、白石宗実ら多くの者がいくさをすべきだと叫んでおります。そなたの所存を聞きたい」

「むろん、やすやすと関白に膝を屈する気はござらぬ」

「それを聞いて安堵した」

保春院は勝ち誇ったような笑みを浮かべ、

「伊達と最上、北条が結べばこわいものはない。餞《はなむけ》にわたくしから鉄砲百挺を贈りましょう」

「お心遣い、かたじけのう存じます」

意気揚々と母が引き揚げたあと、政宗は憮然《ぶぜん》とした表情で碁盤を見つめた。

たしかに母の言うとおり、

（戦うべきであろう……）

政宗は思った。戦わねば、主戦論に傾いている伊達家中に、不満の声が上がる。

政宗自身、天下への夢を棄てる気はない。

だが、関白の力は家中の者たちが考えている以上に大きい。総勢二十五万余の大軍がやってくることになる。そのような相手に、北条、伊達、最上が束になってかかったとしても、はたして勝機はあるか。

（厳しい戦いになるだろう）

政宗は冷静に状況を見ていた。

唯一、勝ち目があるとすれば、

（豊臣軍の先鋒をつとめる徳川家康が関白を裏切り、北条と結んだときだ）

ありえないことではなかった。家康は娘を北条氏直に嫁がせ、北条氏と良好な関係を築いてきた。

北条と組んだほうが得策と判断すれば、寝返る可能性は十分にある。

（やってやる……）

政宗は隻眼を底光りさせた。

第六章　決断

一

天正十八年（一五九〇）、正月七日――。
政宗は、会津黒川城でもよおされた連歌《れんが》の会で発句《ほっく》を詠《よ》んだ。

七草《ななくさ》を一葉によせてつむ根芹《ねぜり》

七草の行事にことよせ、白河《しらかわ》、石川《いしかわ》、岩瀬《いわせ》、安積《あさか》、安達《あだち》、信夫《しのぶ》、田村《たむら》の奥州仙道七郡を手中におさめたことを、内外に宣する句であった。
七草の発句を詠んだ同じ日、政宗は仙道の二本松城に詰めている伊達成実へ書状を送っている。

「諸将の目が小田原攻めに向いている隙に、佐竹を討伐する。早々に、いくさ支度に取りかかれ」

ここに政宗は、奥羽諸大名間の私闘を禁じた関白秀吉の惣無事令を破り、奥羽平定の戦いを続行する意志を明らかにした。

豊臣政権への、公然たる、

――挑戦
といっていい。

連戦連勝をつづける伊達軍である。負ける気はしない。

（やれるところまで、やってやる……）

政宗は決意をあらたにした。

奔《はし》りはじめた若き竜を止められる者はいない。

家中の緊張がにわかに高まるなか、政宗は虎哉宗乙の助言を受けた。

「ご自身が決意されたことならば、信ずる道を迷いなくまっしぐらに突き進まれるがよろしかろう。ただし、おのれを追い詰めすぎぬこと。出格自在《しゅっかくじざい》の心をお忘れあるな」

「心を自由にし、逃げ道を作っておけということか」

「逃げ道をもうけるのは、けっして卑怯《ひきょう》なことではござらぬ。生きて、世にあってこその夢。犬死にして野辺《のべ》に朽《く》ち果てては、残るのは髑髏《されこうべ》ばかり」

「無常の世だ。どのみち、人はいつか土に返る時が来る」

片頬をゆがめて笑い飛ばしながら、政宗は虎哉の言葉を頭の片隅に刻んだ。

伊達軍の動きを知り、佐竹氏と協同歩調をとってきた相馬義胤《そうまよしたね》の臣、

西館玄蕃頭《げんばのかみ》

今田新蔵人《いまだしんくろうど》

今田伝内左衛門《でんないざえもん》

らが、政宗への内応を約してきた。急成長をつづける伊達の力を恐れたためである。

政宗は彼ら三人に、所領を安堵する旨の書状を送り、内部からの相馬氏の切り崩しを推し進めた。

やがて、重臣たちの寝返りがあきらかになると、相馬義胤は旗色悪しと見て、伊達家に講和をもとめてきた。

が、政宗は、

「佐竹を討伐したのち、相馬も討つ」

として、和睦には応じなかった。

黒脛巾組《くろはばき》の者が、

「佐竹軍、常陸太田《ひたちおおた》を発し、仙道へ向かっておりますッ」

と知らせをもたらしたのは、同月十五日、ちらちらと小雪が舞い散る夜のことである。

政宗は、興徳寺に一門衆、宿老衆、側近衆を招集し、佐竹軍を迎え撃つための談合、すなわち作戦会議をひらいた。

その二日後、北条氏直の使者が黒川城へやって来た。

氏直は、政宗の一連の行動を喜び、

「御出陣とのこと、風聞《ふうぶん》でうかがいました。ここに甲《かぶと》と紺糸威《こんいとおどし》腹巻を贈り、出陣をお祝い申し上げます」

と、使者に口上を述べさせた。

関東で孤立する氏直にとって、秀吉に意を通じる佐竹、相馬を討たんとする政宗の動きは、百万、千万の味方を得たように心強く感じられたのであろう。

伊達、北条の同盟軍には、下総《しもうさ》の結城晴朝《ゆうきはるとも》、下野《しもつけ》の那須資晴《なすすけはる》も加わった。

一月下旬になって、上方よりの使者が来た。

使いは、秀吉側近の木村吉清《きむらよしきよ》からのものである。

「関白さまは、間もなく関東へ向けてご出馬なされる。貴公もすみやかに小田原へ参陣されたし」

これは秀吉からの、小田原攻めへの正式な参陣要請である。

この時点で、東国での政宗の動きは、佐竹、相馬両氏を通じて、秀吉の耳にもすでに達している。

政宗の勝手な軍事活動を百も承知しながら、秀吉はわざと知らぬふりをし、言外に、

――いまのうちなら、まだ大目に見てくれよう。これ以上、わが命にそむくなら、断じて容赦はせぬ。

と、恫喝《どうかつ》をちらつかせてきたのである。

政宗は、この参陣要請に返事をしなかった。

佐竹と戦うと決めた以上、秀吉の命に従うことはできない。さりとて、参陣をあからさまに拒否するでもなく、ただ黙々といくさの準備をすすめた。

同月二十七日、前線の須賀川《すかがわ》城に軍勢をすすめた伊達成実より、奥州浅川《あさかわ》の地へ押し出してきた佐竹の先陣を迎え討ち、これを撃破したとの知らせがあった。

ちょうどそのとき、政宗は相伴衆の片倉以休斎《いきゅうさい》、富塚宗綱《とみづかむねつな》らと、地炉《じろ》ノ間で茶を喫《きっ》していた。

「幸先《さいさき》がようございますな」

富塚宗綱が囲炉裏《いろり》の火に、顔を赤く染めて言った。

だが、政宗はにこりともしない。

（秀吉が小田原までやって来る前に、佐竹、さらには相馬を、ことごとく平らげてしまわねば……）

佐竹、相馬との戦いは、ひたひたと押し寄せる秀吉の圧力との戦いでもあった。

月が変わった二月二日、今度は北国軍の大将をつとめる前田利家から、政宗に参陣をうながす書状が来た。

「関白殿下の貴公に対する逆鱗《げきりん》は浅くはないが、浅野弾正少弼《だんじょうしょうひつ》長政どのとそれがしが、いまのところ何とかとりなしている。東海道筋では、徳川大納言《だいなごん》家康どのが先手となり、当月五日、駿府《すんぷ》を出陣する予定。その後、諸将の勢が続々と東海道を下ることになろう。

それがしも、加賀《かが》、能登《のと》、越中《えっちゅう》の人数を召しつれ、二十日には金沢《かなざわ》を出立し、真田、上杉を先鋒として、信濃路から上野《こうずけ》へ攻め入る所存。伊達どのも、これと時を同じうし、会津から下野へ進攻なされよ。さすれば、関白殿下のお怒りも、たちどころに解《と》けるであろう」

利家の人柄があらわれた、懇切丁寧な書状である。

前田利家はこのとき、五十三歳。織田信長、そして秀吉に仕え、幾多の戦乱をくぐり抜けてきた利家にすれば、二十四歳の政宗はわが息子のごとき年齢である。

利家も若いころは傾奇者《かぶきもの》と呼ばれ、同輩《どうはい》との争いから信長の勘気《かんき》をこうむり、二年間の蟄居《ちっきょ》を命じられたことがある。また、本能寺の変後の賤《しず》ヶ岳《たけ》の戦いのときは、柴《しば》田勝家《たかついえ》の与力として、いっとき秀吉に敵対したこともあった。

そんな利家から見れば、今回の政宗の行動は、まだ世の中というものをよく知らない若者の、無鉄砲な突っぱりに思えてならぬのだろう。かつての自分にも、若気にはやって失敗した苦い経験がある。いまの政宗の気持ちがわかるだけに、その命知らずの無謀さが利家に哀れをもよおさせ、父が子を諫《いさ》めるような書状になったものであろう。

しかし——。
この前田利家のすすめにも、政宗は確たる返事をしなかった。

二

二月二十七日、仙道の白川義親が佐竹勢を破り、首級《しるし》五十をあげたことを政宗に報じてきた。

ここ一月近く、前線の伊達軍と佐竹軍のあいだでは、たびたび小競《こぜ》り合いが演じられていたが、まだ決戦を挑むほどに機は熟していない。

「佐竹を討つ」

と、正月に宣言したものの、政宗は黒川城から動けずにいた。会津の雪解けは近いが、政宗の胸にはただ焦燥だけが降り積もってゆく。

そのあいだにも——。

小田原攻めの態勢は着々と、ととのえられつつあった。

東海道方面先鋒の徳川軍は、国境を越え、北条領の伊豆国へ進撃。この勢いに恐れをなした泉頭《いずみかしら》、徳倉《とくら》、獅子浜《ししはま》、三城の将は、軍をまとめて小田原へ逃げ帰った。

徳川勢につづき、蒲生氏郷《がもううじさと》、豊臣秀次《ひでつぐ》も、軍勢とともに東下。さらに、細川忠興《ほそかわただおき》、筒井定次《つついさだつぐ》、宇喜多秀家《うきたひでいえ》らの諸隊が東海道を下り、伊豆国の黄瀬川付近に集結した。

一方、北国方面でも、前田利家が政宗に通告していたとおり、上杉景勝《かげかつ》、真田昌幸《まさゆき》を先鋒として、まだ雪深い上越国境の碓井《うすい》峠を越える。

上野へ侵入するや、上杉、真田、前田軍は、北条方の将大道寺政繁《だいどうじまさしげ》がこもる松井田《まついだ》城を包囲した。

三月一日、聚楽第の秀吉は朝廷に参内《さんだい》。

後陽成《ごようぜい》天皇から、勅命を受けて征討に出るあかしの〝節刀〟をたまわり、手勢三万五千をひきいて京を出陣した。

秀吉は東海道をすすみ、同月二十七日、駿河沼津《するがぬまづ》城に到着。先発隊の諸将の勢と合流した。

沼津では、北奥州津軽《つがる》の豪族津軽為信《ためのぶ》、および下野の大田原晴清《おおたわらはるきよ》が陣中にあらわれ、秀吉への拝謁《はいえつ》を願った。秀吉は彼らに会い、それぞれに刀を与え、所領の安堵を保証している。

豊臣勢は、三島《みしま》方面から箱根《はこね》路へ進攻。

箱根の天険に築かれた北条方最大の防衛拠点、

——山中城《やまなかじょう》
に攻めかかった。

城将松田康長《まつだやすなが》は必死に攻撃を防いだが、兵数、物量ともに圧倒的にまさる豊臣軍の前に、なすすべもなく陥落。

防衛線を突破した豊臣軍は、箱根の坂をなだれ下り、北条氏政、氏直父子が籠もる大城塞、小田原城を包囲した。秀吉の宣戦布告状から四ヶ月後、三月二十九日のことである。

知らせは、小田原へ放っていた黒脛巾《くろはばき》組の芭蕉によって、政宗のもとへもたらされた。

「箱根を越えたか」

政宗は天を睨んだ。

（早すぎる……）

政宗の考えでは、箱根の天険を挟んでの豊臣、北条の攻防が、少なくとも三月はつづくはずであった。

（北条め、あまりに不甲斐《ふがい》ない）

政宗は北条氏の無策に腹を立てた。

これに先立つ二十六日、政宗は前田利家にあててみずから書をしたため、使者を送っている。

「おすすめに従い、会津黒川を出立《しゅったつ》して、小田原陣の後詰《ごづ》めをいたします。関白殿下へのおとりなしのほど、よろしくお願い申し上げます」

前田に書状を送ったのは、虎哉の言う〝逃げ道〟をつくっておくためであった。秀吉の信頼厚く、人格者といわれる前田利家のとりなしならば、参陣を引き延ばした政宗にも、申し開きの余地はある。

その一方で、政宗はぎりぎりまで、箱根の攻防戦と徳川家康の動向を見定め、会津の雪解けとともに、一挙に軍事行動を起こして、佐竹との雌雄《しゆう》を決してしまうつもりであった。

だが、秀吉が箱根を越えてしまったことは、厳然たる事実である。

政宗のしたたかな計算は狂った。

いま、この瞬間こそが、秀吉への向背を決める最後の機会であった。

（せっかく、ここまで漕《こ》ぎつけながら……）

政宗には断腸の思いがあった。

生きるための道はひとつしかないと承知していながら、夢を捨て切れず、なお迷った。

同日——。

政宗は一門衆、宿老衆、側近衆を一堂に集め、会議をひらいた。政宗自身がそうであるように、家中の意見も真っ二つに分かれている。

主戦派の伊達成実、原田宗時、白石宗実、国分盛重らは徹底抗戦を叫び、和平派の片倉小十郎、遠藤宗信らは、いまからでも小田原へ参陣し、伊達家の存続をはかることを主張した。

「いまさら秀吉に頭を下げ、おめおめと豊臣家の家来になれというのかッ！」

伊達成実は激高した。

「頭を下げて、伊達家が救われるという保証がどこにある。小田原へ行ったが最後、殿の首はないかもしれぬのだぞッ」

勇武絶倫の武将として知られる原田宗時が、色白の顔を真っ赤にして叫んだ。

「関白殿下は、ゆるしを乞うてきた者を無残に斬り捨てられるようなお方ではない。それに、われらが逆らったとて、奥羽の大名のほとんどは豊臣に靡《なび》いている。追い払

って も、追い払っても、夏の蠅《はえ》のごとくむらがってくる敵を相手に、どうやって戦うつもりだ」

冷静に道理を説く片倉小十郎の言葉に、

「死ぬための戦いというのもある」

伊達成実は目を血走らせて言い放った。

「武門の意地を捨て、命惜しみするような卑怯者は、この伊達家にはおらぬッ！」

「卑怯ではない。山を下りる勇気もまた、武者には必要ということだ」

小十郎が言った。

主戦派、和平派、双方の折り合いがつかぬまま、その日の話し合いはおわった。

夜になって——。

政宗は、興徳寺近くの片倉小十郎の屋敷をおとずれた。

その、やや青みをおびた貌《かお》に、もはや迷いの色はない。

「おれは決めたぞ、小十郎」

政宗は底光りのする独眼で、小十郎を見つめた。

「さきほどの成実の叫びを聞いていて、心が定まった」

「まさか、このうえまだ、戦いをおつづけになろうというご所存では」

小十郎が頬をこわばらせた。

「そうではない」

と、政宗は首を横に振った。

「上方へ遣わしていた斎藤九郎兵衛《さいとうくろべえ》らがもどってきた。九郎兵衛の話では、徳川家康は北条に寝返る気配などまったくないそうだ。家康が動かぬ以上、この勝負は勝ち目がない」

「されば、小田原へ」

「参陣する」

政宗はきっぱりと言い切った。

「おれには夢がある。奥羽を平定し、さらには天下をこの手におさめる夢だ」

「わかっております。この小十郎も、殿の大望を成就《じょうじゅ》させるため、およばずながら力をつくしてまいりました。しかし……」

「言うな」

政宗は小十郎をさえぎり、

「はるか天上に輝く星は、やすやすと手が届くものではない。ときには大きな廻り道をし、ひたすら身をたわめて辛抱せねばならぬときがあるやもしれない」

「おのれの夢のために、伊達成実、原田宗時ら将来《さき》のある若い家臣どもを、無駄死にさせてはならぬ。いまはまだ、勝負を挑むときではない。まことの戦いは、もっと先の、道の果てにこそあろう」

「御意」

頭を下げる小十郎の目に、うっすらと涙がにじんでいる。幼少のころから、あるじ政宗の心を誰よりも深く理解してきただけに、その決断の辛《つら》さが身に沁《し》みるのである。

が、政宗の瞳は乾いていた。

「供はいかがなされます」

「いらぬ」

政宗は言った。

「多くの家臣を従えて行けば、関白から無用の疑いをかけられるだけだろう。人数を残していけば、万が一、小田原でおれが斬られたとき、一挙を起こすための備えになろう」

「それがしはお供いたします」

「殿……」

片倉小十郎が、断固たる口調で言った。

「生死は殿とともにと、心に決めておりますゆえ」

「勝手にせよ」

その短いやり取りで、主従の気持ちは通じ合った。

政宗の出立は、四月六日と決められ、そのむねが家中に触れ出された。伊達成実、原田宗時をはじめとして、これに反対する家臣は多かったが、政宗の決断は揺るがなかった。


出発の前夜——。

政宗は、西ノ丸御殿の母保春院から招きを受けた。

母と息子、水入らずで夕餉《ゆうげ》をともにし、別れを惜《お》しみたいというのである。

（あの母が……）

政宗はおどろきにうたれた。

政宗は、装束《しょうぞく》をさわやかな若竹色の小袖と、熨斗《のし》のきいた新調の袴にあらため、母に会うために西ノ丸へおもむいた。

このとき、事件が起きた。

西ノ丸御殿に政宗が同行させた毒味役の者が、別室で膳の料理を試し食いしたところ、たちまち目まいをもよおし、血を吐いて絶命したという。

側近からこれを聞いた政宗は、にわかに腹が痛くなったと言って食事を途中でやめ、大急ぎで帰館した。

念のため、政宗は毒消しの撥毒丸《はつどくがん》を服し、西ノ丸御殿で口にしたものをすべて吐き出した。

一命を取りとめた政宗は、西ノ丸へ人をやり、毒殺をはかった者を糾明させた。

すると、責めを受けた侍女のひとりが、

「保春院さまのお指図により、わたくしがいたしました」

と、涙ながらに白状した。

政宗は愕然とした。

いかに憎まれているとはいえ、おのが母に毒を盛られようとは思いもしなかった。

保春院はもともと政宗の小田原参陣に反対していた。政宗が小田原行きを決めたと知るや、それを阻止するため、強硬手段に訴えたのだろう。

和平路線に転じた政宗を亡き者にし、弟小次郎を伊達家の当主に立てて、徹底抗戦をおこなうもくろみがあることが容易に想像できた。

（あの気性の烈しい母上ならやりそうなことだ……）

母の気持ちはわかる。政宗とて関白に頭を下げたくはない。

しかし、ときに妥協の道をさぐるのも政治というものであった。

この陰謀が判明し、翌日の小田原行きは急遽、延期となった。


七日の夕刻、政宗は春雨の降りしきるなか、小次郎の傅役《もりやく》筆頭、小原縫殿助《おばらぬいのすけ》の屋敷に入った。供廻りは、屋代勘解由《やしろかげゆ》、牛越内膳《うしごえないぜん》などごくわずかである。

政宗は、座敷に小次郎を呼んだ。

顔立ちは母に似て秀麗だが、父輝宗ゆずりのおとなしい気性の弟である。小次郎は毒殺の陰謀のことは一切知らず、旅立ちの別れのあいさつをするために、兄に呼ばれたものとばかり思っていた。

襖《ふすま》をあけ、部屋に入ってきた小次郎に、政宗は扇を与えた。

小次郎はこれを、両手を差し出して押しいただくように受け取り、頭を下げて礼をのべようとした。

そのときである。

政宗は腰の短刀に手をかけ、立ち上がりざま、肩口から小次郎に斬りつけた。

鮮血がほとばしった。

小次郎は、何が起きたかわからぬという目で、返り血を浴びる政宗を見上げ、右手で虚空をつかんだ。

その弟の胸を、

「赦《ゆる》せッ！」

むせぶように叫びつつ、政宗は一息に刺しつらぬいた。

音もなく近づいた屋代勘解由が、喉笛を短刀で突いて止《とど》めを刺す。

小次郎は悲鳴も上げず息絶えた。十三歳の若さであった。

時を同じくして、小原縫殿助も、城中の遠侍《とおさぶらい》で屋代勘解由の配下によって斬られている。

のち、政宗はこのときの苦渋に満ちた胸中を、

「弟に罪はないが、人の子として生みの母を害することはできない。やむを得ぬ選択だった」

と、人に語っている。

政宗は人一倍、情の濃い人間である。だからこそ苦しんだ。苦しみながらも情を切り捨て、前へ進む道を選んだ。

（まつりごとを行なう人間は、情に支配されてはならない。おれのめざすものはもっと先にある……）

大望の前には何かを捨てねばならぬことを、政宗は身をもって学んだ。

この一件を機に——。

小次郎の傅役のひとり粟野木工助《あわのもくのすけ》が上方へ逃れるなど、小次郎をかつぐ反政宗勢力は一掃された。

三

四月十五日——。

政宗は相州《そうしゆう》小田原をめざし、会津黒川城を発した。

従うのは側近の片倉小十郎以下、新参の岩瀬《いわせ》、会津の士百余騎である。

伊達成実、原田宗時、白石宗実、浜田景隆ら、ともに幾多《いくた》の戦いをくぐり抜けてきた家臣たちも供を願ったが、政宗はこれを赦さなかった。

「おれが不在のあいだ、そのほうどもには領内を平穏《へいおん》に押さえておいてもらわねばならぬ。それに……」

と、政宗は隻眼を細め、

「万が一、おれの首が飛ぶような事態に立ちいたったとき、家臣らを糾合して蜂起し、関白に東国武者の意地を見せよ」

成実らに、ふてぶてしく言い置いた。

政宗一行は、会津五街道のひとつ下野街道をすすんだ。南会津から国境を越えて下野に入り、そこから今市《いまいち》をへて、奥州街道を南下するつもりであった。

ところが——。

南会津の大内《おおうち》まで来たとき、黒脛巾組の芭蕉が、

「下野宇都宮《うつのみや》にて、佐竹義重の勢が待ち伏せしております」

と、急を知らせてきた。

下野宇都宮は佐竹領に近い。伊達家と長年にわたって対立してきた佐竹義重が、小田原へ向かう道中を狙い、政宗を亡きものにしようとするのは十分に考えられることだった。

たとえ、政宗を謀殺したことが秀吉に知れたとしても、義重が咎《とが》めを受ける気づかいはない。

——豊臣家に楯突く逆臣政宗を、関白殿下に代わり誅戮《ちゆうりく》つかまつりました。

と、言いわけすればすむことである。

「下野は通れぬか」

馬上の政宗は、引きしまった精悍《せいかん》な頬をゆがめた。

「いかがなされます」

片倉小十郎が、かたわらに鴾毛《つきげ》の馬を寄せてきた。

「いっそ、佐竹を蹴散らして行くか」

「お戯《たわむ》れを……。これしきの人数では突破はかないませぬ。ここは、いったん黒川城へ引き返したほうがよろしいかと」

「やむを得ぬ」

政宗は薄雲がかかった春の空を睨み、馬の首を返した。

突然、城へもどってきた政宗を見て、家臣たちは驚いた。佐竹勢が道をふさいでいることを知ると、

「佐竹に道をふさがれては、小田原へは行けませぬ。いっそ兵を挙げて佐竹を平らげ、そのまま勢いに乗り、豊臣と一戦におよぶべしッ！」

主戦派の伊達成実が、ここぞとばかり吠えたてた。

原田宗時、国分盛重らも、膝を叩いて合戦を主張する。

「待て」

と、政宗は成実を制し、

「ことを起こせば、佐竹の思うつぼだ。小田原へ参陣すると決めた以上、無用な争いは避けねばならぬ」

「しかし、下野を通らねば、小田原へは行けませぬぞ」

成実の言葉に、

「うむ……」

政宗は考え込んだ。

佐竹との争いを避けるためには、ほかの道を探して小田原へ向かうしかない。

会津から関東へ抜ける道は、下野街道のほか、宇都宮街道、白河《しらかわ》街道があった。しかし、どの道も、途中で奥州街道に合流するため、結局、佐竹勢が待ち伏せする宇都宮の地を通ることになる。

下野から関東の平野をよこぎり、小田原へたどり着くことは、事実上、不可能と言ってよかった。

「下野を通らず、関東へまいる道がございます」

片倉小十郎が言った。

小十郎は諸国遊学の経験があるため、各地の事情にくわしい。

「そのような抜け道があるか」

「抜け道ではなく、大迂回をするのです。会津から北陸の越後《えちご》へ向かい、北国《ほっこく》街道を経由して関東へ抜けられてはいかがか」

「ずいぶんと遠回りだな」

政宗は眉をひそめた。

「前田、上杉の軍勢も、同じ道すじを通って関東入りしております。ここは、前田利家どのを頼り、越後、信濃路から関東へ行かれませ」

小十郎は政宗にすすめた。

前田利家は、先ごろ、関白秀吉との仲を取り持つため、かゆいところに手が届くような懇切ていねいな手紙を政宗のもとへ送ってきた。政宗が頼めば、道中の便宜《べんぎ》をはかってくれるだろう。

しかし、それよりも問題は、越後の上杉であった。

「上杉景勝が、領内の通行を承知するであろうか」

政宗は懸念《けねん》を口にした。

出羽置賜《でわおきたま》郡から奥州の仙道、会津を版図《はんと》とする伊達家と、越後、佐渡《さど》、出羽庄内《しょうない》を領有する上杉家は、その領地を接している。

国境近辺では、以前から何度か小競《こぜ》り合いがあり、また、上杉景勝がいち早く豊臣政権に臣従してからは、度重なる上洛要請に応じない政宗の討伐《とうばつ》を、秀吉が上杉、佐竹に命じるなど、両者のあいだに明確な敵対関係ができていた。

「その儀ならば、ご懸念にはおよびますまい」

片倉小十郎は言い、

「上杉家は先代不識庵《ふしきあん》謙信のころより、義の心を何より重んじる家風。書状をお遣《つか》わしになり、肚《はら》を打ち割って事情をのべれば、かえって意気に感じるでありましょう」

「謙信の宿敵であった武田《たけだ》信玄《しんげん》が、今川《いまがわ》氏に駿河よりの塩の補給路を断たれて窮したおり、謙信は越後から甲斐《かい》への塩商人の出入りを自由とし、信玄の危機を救ったという話を聞いたことがある。その気風を受け継ぐ景勝相手に、下手な小細工は無用か」

「さよう」

「わかった。さっそく、上杉に書状をしたためよう」

政宗は、北条方の上州松井田《まついだ》城攻めにあたっている上杉景勝にあて、領内の通行の許可をもとめる書状を送った。

折り返し、景勝からすぐに返事がきた。

「小田原へ参陣なされるとのよし。伊達どののお心がけ、まことに殊勝に存ずる。ついては、道中の御身のこと、それがしと前田どのが責任持ってお守り申す」

実直で曲がったことの嫌いな景勝の性格があらわれた、政宗にとっては頼もしい返答であった。

政宗はいったん、もとの本城であった出羽の米沢《よねざわ》城へ行った。

米沢でふたたび旅支度をととのえ直したのち、小国《おぐに》街道を通って越後へ向かう予定であった。

春の遅い米沢にも、すでに新緑の季節がおとずれている。

四

旅立ちの当日――。

米沢は早朝から雨であった。

梨地螺鈿《なしじらでん》の鞍《くら》をおいた愛馬小枝《さえだ》にうちまたがり、政宗が城門を出ようとすると、そこへ、糸のように降りしきる雨を縫って、道の向こうから塗りの手輿《てごし》が近づいてきた。

門の前で輿が下ろされ、なかから白い浄衣を着た女人があらわれた。

「愛《めご》……。そなた、会津におったはずでは……」

政宗は女の顔を凝視《ぎょうし》した。

「会津より、急ぎ駆けつけてまいりました。せめて、殿のご出立《しゅったつ》をお見送り申し上げたく……」

「そなた……」

愛姫の髪は雨に濡れていた。その黒い瞳も、心なしか濡れているようであった。

まわりには、片倉小十郎をはじめ、多くの家臣たちがいた。

夫婦は多くを語ることなく、ただ、たがいの目を見つめた。見つめることで、声にならぬ言葉をかわした。

（行ってくる）

政宗は底光りする隻眼の奥で言った。

（どうか、ご無事で……）

愛姫も、うるんだ目で応《こた》える。

（そなたも息災にしておれ）

（殿……。わたくし、まことは殿のことが……）

愛姫の豊かな白い頬を、一筋の涙がつたい流れた。

夫も妻も、言いたいことは山ほどあった。

小田原へ参陣すれば、秀吉の肚《はら》のうちひとつで政宗の首は飛ぶ。これが、今生《こんじよう》の別れになるかもしれなかった。

その、

——死
への予感とおののきが、政宗と愛姫の心を、かつてないほど近づけていた。

「どうか、これをお持ち下さいませ」

愛姫が馬上の政宗に、錦の小袋を差し出した。

「何だ」

つとめて平静をよそおいつつ、政宗はそれを受け取った。

「守り札でございます。三春《みはる》の明王《みようおう》さま（田村大元《たむらたいげん》神社）に侍女のおふうを代参させ、いただいてまいりました」

「三春の明王さまとは、たしか征夷大将軍坂上田村麻呂《さかのうえのたむらまろ》が東征のおり、戦勝を祈願したとの由緒《ゆいしよ》がある神社であったな」

「はい」

「わざわざ、おれのために……」

「ご武運をお祈りしております」

「…………」

政宗は小田原へ合戦に行くわけではなかったが、今度の場合、弓鉄砲を使ったいくさよりも、はるかに厳しい戦いになるかもしれなかった。

政宗は守り札を手のうちに握りしめ、馬上から愛姫にかるく目礼した。

それきり振り返らず、

——はッ
と、小枝の尻に鞭《むち》をくれた。

馬が走りだした。

それに気づき、供の者たちが慌《あわ》ててあとを追いかける。

雨のとばりの向こうへ駆け去ってゆく政宗の姿を、愛姫は大手門の前に立ちつくし、いつまでも見送っていた。

米沢を出立した政宗の一行は、小国街道を通り、日本海の海岸線へ抜けた。

砂浜の向こうに、海が広がっている。

越後の海は波が荒いと聞いていたが、むしろ太平洋側よりも、

（おだやかな……）

政宗は潮風に目を細めた。

日本海が荒れるのは、風が強い冬のうちだけで、夏場はほとんど波が立たない。そのため、日本海側では古くより舟運が発達し、若狭小浜《わかさおばま》、越前敦賀《えちぜんつるが》から、三国《みくに》、直江津《なおえつ》、酒田《さかた》、土崎《つちざき》の諸湊《みなと》、さらには蝦夷地《えぞち》を結ぶ海上の流通ルートが確立していた。

（上杉が富強を誇ったのは、この海の道を握ったためか）

政宗は、越後の海岸線にそって馬を走らせた。上杉家の目付の先導のもと、水田がひろがる蒲原《かんばら》平野をすすみ、越後一の霊場、弥彦《やひこ》神社の門前町に入った。

ここで、政宗のもとへ、小田原へつかわしていた使者からの早飛脚がやって来た。関白さまがお尋ねになりたいことがおありのようなので、一刻も早く小田原へご参陣されたしとの知らせであった。

会津にいる家臣の白石宗実にあてた政宗の書状には、

――弥彦まで相違なき路次中、おのおの取り成しをもって打ち着き候《そうろう》。御陣所（小田原）へ差し越し候脚力（飛脚）、ただいま帰着。関白様御前、何もご存分相調べ候うえ、早々罷《まか》り上るべきの由《よし》。

とある。

さらに、

――いよいよ途中相急ぎ候。殿下の事は心安んずべく候。

と、秀吉との会見のことは、あまり心配せぬようにと書いている。

家臣たちにはそう言ったが、会見が成功するかどうか、政宗自身にも将来《さき》のことはわからない。正直、不安のほうが大きかった。

だが、

（おのれの決めたことだ。後悔してなるか。必ずや生き抜いてみせる……）

政宗は心に強く誓った。

その後――。

一行は越後府中《ふちゅう》から北国街道へ入り、内陸部へすすんで関川《せきがわ》の関所を越えた。関所の向こうは信濃国である。

善光寺平《ぜんこうじだいら》を行き、小県郡《ちいさがた》へ入ったところで、管轄が上杉家から上田《うえだ》城主の真田昌幸に変わった。ここで目付の者も、上杉の家臣から真田家臣に交替。

甲斐国をへて、小田原近郊の酒匂《さかわ》川河畔に差しかかったのは、梅雨《つゆ》のさなかの六月五日のことである。

五

雲霞《うんか》のごとき豊臣の大軍が、小田原城を囲んでいる。

梅雨の晴れ間の蒼空《そうくう》のもと、噎《む》せかえるような薫風《くんぷう》に、無数の旗標《はたじるし》、大馬標、馬標、旗指物がたなびいていた。

「あれが、徳川どのの陣所でございましょう」

片倉小十郎が酒匂川の河口あたりを指さした。

土塁、空堀が二重にかまえられた仕寄《しより》のなかに、

——金扇《きんせん》大馬標
と、葵《あおい》の紋の旗標がひるがえっている。

「あれなる船は、長宗我部《ちょうそかべ》の軍船」

小十郎のしめす相模湾の沖合に、七つ酢漿草《かたばみ》の船標をかかげた長宗我部の船団が、真っ青な海を埋めつくすように、百艘《そう》、いや二百艘と停泊していた。

そのほか、
織田信雄《おだのぶかつ》の永楽銭《えいらくせん》

蒲生氏郷の鶴
細川忠興の九曜《くよう》
池田輝政《いけだてるまさ》の揚羽蝶《あげはちよう》
豊臣秀次《ひでつぐ》の沢瀉《おもだか》
宇喜多秀家《うきたひでいえ》の兒ノ字《こ》

など、諸将の色とりどりの旗標を見て取ることができる。

その兵数、十余万。

「このようないくさが、世にあったか」

政宗は思わずうめいた。

これまで政宗が経験した合戦とは、兵の数が違う。陣の規模が違う。

北条五代の小田原城も、奥羽育ちの政宗がかつて目にしたこともない壮大な大城塞であったが、これを攻める豊臣勢の兵力も桁《けた》外れであった。

話には聞いていたが、天下統一を目前にした関白秀吉の力を見せつけられ、

(おれは、このような巨《おお》きな敵を相手に、独り相撲《ずもう》を取ろうとしていたのか……)

いまさらながら、おのれが井の中の蛙《かわず》であったことに気づいた。

しかし同時に、持ち前の反骨心がむくむくと頭をもたげた。

「小十郎」

「はッ」

「関白も、おれと同じ人間だな」

「何を仰《おお》せられます」

「相手は神や仏ではない。斬れば、赤い血が流れる人であろう。ならば、関白が成したのと同じことが、このおれに成せぬはずがあろうか」

「時の運、というものもございます」

「運はおのが手で引き寄せるものだ」

政宗は昂然《こうぜん》と胸をそらせて言い放った。

前田家の先導役の案内で、一行は酒匂川岸に近い御堂に入った。

そこでいったん休息を取り、箱根湯本《ゆもと》の秀吉の本陣へ向かうことになっている。

政宗は、旅塵《りょじん》で汚れた顔や手足を井戸水で清めると、髷《まげ》をとき、片倉小十郎に命じて髪を水引《みずひき》で結んだ。

さらに、甲冑《かっちゅう》の上にはおった華麗な紫地の陣羽織を脱ぎ捨て、真っ白な陣羽織に着替えた。

白い陣羽織は死装束《しにしょうぞく》である。

（心を無にせよ……）

政宗は座禅を組み、秀吉と戦う心構えをつくった。

――死中に活あり。

と、政宗は師の虎哉宗乙から教えを受けている。

生き延びようとして生にすがる者は、心に迷いが生ずる。死を覚悟してひらきなおってこそ、明日を切り拓《ひら》くための道が見えてくるはずだった。

湯漬けと香の物で腹ごしらえをすませた政宗は、

「行くぞ」

表情を厳しく引きしめ、馬に打ちまたがった。

一行は黙々と、湯本をめざした。

そのころ――。

関白秀吉は江之浦《えのうら》にいる。

江之浦は小田原から一里（約四キロ）あまり南の、風光明媚《めいび》な入江である。海に向かってゆるやかな斜面が落ち込んでおり、ツバキやクスノキなどの茂る山ぎわに良い水が湧いた。

秀吉はそこに三畳の小間の茶室を建てさせ、茶の湯を楽しんだ。

「天下一の醒《さめ》ケ井《い》の水にも劣《おと》らぬ、よき水よのう」

茶頭《さどう》の千利休《せんのりきゅう》が点《た》てた井戸茶碗の茶を喫《きっ》し、秀吉が童《わらべ》のようにはしゃいだ声を上げた。

小田原攻めの秀吉は、遊山《ゆさん》気分である。

箱根の陣には、利休をはじめ、小鼓の名手の樋口石見《ひぐちいわみ》、連歌師の里村紹巴《さとむらじようは》らをともなって来ている。

ばかりか秀吉は、寵愛《ちようあい》する側室の淀殿《よどどの》らをはるばる上方から呼び寄せ、右大臣菊《きく》亭晴季《ていはるすえ》、権大納言《ごんだいなごん》中山親綱《なかやまちかつな》、烏丸光宣《からすまるみつのぶ》らを招いて饗応《きようおう》するなどした。

秀吉の命で、豊臣軍の陣中には市が立ち、歌舞音曲が許され、春を売る遊女たちが出入りした。

小田原城に立て籠もる北条方に厭戦《えんせん》気分を起こさせようとの、秀吉一流の心理作戦である。

「さきほど、前田利家より知らせがあった。伊達の若造めが、いよいよわしに頭を下げに来るそうじゃ」

「政宗にございますか」

千利休が、眦《まなじり》の切れのするどい目をちらと光らせた。

茶頭と同時に、秀吉の政治的な側近でもある利休は、ここ半年ばかり、奥羽の諸大名の服属の仲介役をつとめてきた。それゆえ、政宗の話題には無関心ではない。

「どの面《つら》下げてやって来るか、いまから楽しみでならぬわ」

「あの若さで、南奥羽三十余郡を切り従えたほどの者です。甘く見ることはできますまい」

「さて、どうかな」

秀吉は利休に、もう一杯茶を所望《しょもう》した。

煮えたぎる尻張釜《しりはりがま》から、利休が竹の柄杓《ひしゃく》で湯を掬《すく》おうとしたとき、小具足姿の浅野長政が茶室に顔を出した。

「関白殿下に申し上げます」

「おう、長政か」

「いましがた、伊達政宗が湯本の本陣に姿をあらわしました」

「どのようなようすであった」

秀吉は興味津々《しんしん》の表情である。

「それが……」

「どうした。申してみよ」

「髪を水引で結び、死装束をまとっております」

「死装束だと？」

「はッ」

「………………」

秀吉は酢でも飲んだような顔をした。

相手は、

――天下
というものの大きさをまだ知らぬ、二十四歳の若者である。虚勢を張って吠《ほ》えかかってくるか、それとも恐れおののいて石のようにかしこまるか、さまざまな想像をしていたが、まさか死装束をまとってくるとは思ってもいなかった。

死装束をまとうとは、すなわち、おのれの命はもはや捨てた。煮て食うなり、焼いて食うなり、好きにせよと開き直っているということである。

（さても、豪胆な……）

秀吉はこのときはじめて、まだ見ぬ隻眼の若者に強い興味をそそられた。

「このわしに、挑戦しておる」

顎《あご》にたくわえた貧相な鬚《ひげ》をねじりながら、秀吉は低くつぶやいた。

「いかがなされます」

浅野長政が聞いた。

秀吉は一瞬、考え、

「底倉《そこくら》に閉じ込めておけ」

「箱根の底倉でございますか」

「そうじゃ。わが軍令にそむき、会津を攻め取りし不埒者《ふらちもの》じゃ。加えて、小田原参陣に遅参したること、厳しく糾問《きゅうもん》いたさねばならぬ。沙汰《さた》があるまで、神妙にしておれと申し伝えよ」

語気するどく、秀吉は長政に命じた。

六

「湯の湧くところから、富士は望めない」

と、箱根では古くより言いならわされている。

湯本

塔《とう》ノ沢《さわ》
宮《みや》ノ下《した》

などと並び、〝箱根七湯〟のひとつに数えられる底倉ノ湯も、蛇骨川《じゃこつ》が轟々《ごうごう》と音をとどろかせて流れる深い渓谷の底にあり、富士の霊峰をあおぎ見ることはできなかった。

名のとおり、渓流ぞいの穴蔵のような土地である。川べりのあちこちから湯が湧き出し、谷ぜんたいに湯のにおいと、もうもうたる湯気が立ち込めている。

中世、底倉ノ湯は東国武将の隠れ湯として利用され、南朝再興のために挙兵した新田義隆《にったよしたか》が、足利幕府の軍勢に追われてこの地に潜伏し、矢疵《やきず》を治すために湯治していたところを討ち取られたという言い伝えがある。

秀吉は小田原攻めがはじまると、この底倉ノ湯に石風呂《いわ》と施療所《せりよう》をもうけ、将兵たちの湯治場とした。また、温泉好きの秀吉は、みずからも御殿を築き、しばしば湯治にやって来た。

政宗主従が押し込められたのは、その御殿ではない。

底倉のはずれにある、薬師如来《やくしにょらい》を祀《まつ》った破《や》れ堂だった。谷のどんづまりで、まわりは切り立った断崖にかこまれている。取り囲まれたら、どこにも逃げようがない。牢獄のような場所であった。

「殿をかような場所に押し込めるとは……。関白殿下は、どういう肚づもりでありましょうか」

片倉小十郎が政宗の耳もとでささやいた。

供の多くは、石垣山《いしがき》のふもとに留め置かれている。底倉への同行を許されたのは、小十郎のほか、二、三名の者だけだった。

「問答無用で殺す気かもしれぬ」

政宗は落ち着いている。

秀吉との目に見えぬ戦いは、すでにはじまっている。ここで恐れたり、うろたえたりすれば、それ見たことかと相手にあなどられるだけであろう。

「人は、いつかは死ぬ。前向きの死であるなら、悔いはない」

「もっともでございます」

主従は座禅を組み、泰然《たいぜん》自若《じじゃく》として時を待った。

谷の底ゆえ、堂内には陽が射さない。

あたりが暗くなり、夜が更《ふ》け、そして朝が来た。

やがて――。

幽閉《ゆうへい》されてから、三日目の朝がおとずれたとき、政宗の罪状を取り調べる問詰使がやって来た。

前田利家
浅野長政
施薬院全宗《やくいんぜんそう》
和久宗是《わくそうぜ》
木村吉清

の五名である。

彼らは以前から、政宗に上洛、小田原参陣をうながす書状を送るなど、交渉を持っていたが、じかに顔を合わせるのははじめてだった。

「まず、お尋ねする」

と、鎌のようなするどい目で政宗を見たのは、秀吉の筆頭侍医で、その政治顧問もつとめる施薬院全宗だった。

「会津の蘆名義広《あしなよしひろ》はかねてより、関白殿下にお礼申し上げ、豊臣麾下《きか》にひとしい存在であった。しかるに、伊達どのは蘆名を攻め滅ぼし、会津へ城を移したとの由。殿下は、このことを聞こし召され、まことにもって慮外《りよがい》の至りと仰せになられている。申しわけをいたすならば、われらの口から委細《いさい》、殿下に言上いたそう。申しわけができぬとあれば、曲事《くせごと》とあいなろう」

黒い十徳《じっとく》を着た全宗は、医者とは思えぬ迫力のある声で言った。

秀吉の侍医となる以前、全宗は信長に焼き討ちされた比叡山延暦寺《ひえいざんえんりゃくじ》の僧侶で、その前身は甲賀《こうか》の忍びであったという噂もある。

政宗は凜《りん》と背筋をのばし、

「御意《ぎょい》のおもむき、もっともと存じ奉《たてまつ》る」

全宗の目を強く見返した。

「されば、申し上げつかまつる」

「何なりと、聞こう」

全宗、前田利家をはじめ、問詰使たちが身を乗り出した。

「わが伊達家の家中に、大内備前定綱《おおうちびぜんさだつな》と申す者がおり、先祖よりの家来であるにもかかわらず、会津の蘆名を頼って逆心いたしました。この大内なる者を助けんとの名目で、蘆名がわが領地を侵《おか》したため、たびたび合戦におよび、ついには蘆名を攻め滅ぼすにいたった次第」

「争いのおおもとは、蘆名の側にありと申すか」

「さよう」

「されば、会津を攻め取りしとき、なにゆえ関白殿下に御礼言上をつかまつらざるや」

施薬院全宗が重ねて聞いた。

政宗はひるまず、

「わが近隣の最上、大崎、相馬、佐竹の諸氏は、いずれも敵にござりますれば、それがしが上洛いたし、御礼を申し上げる隙《すき》もなく、自然《じねん》にあらぬ誤解を受けるように相なりました。このわけは、世間において、隠れなき事実にございまする」

自分でも驚くほど、なめらかに舌が動いた。

政宗のさわやかな弁舌に、前田利家、浅野長政らは聞き入り、うむうむとうなずいてみせた。

何度も書状をやり取りしてきた利家らは、政宗に対して、もともと好意的な感情を持っている。

怜悧《れいり》な吏僚《りりよう》の石田《いしだ》三成《みつなり》がこの場にあれば、もっと突っ込んだ意地の悪い質問をしたであろうが、彼らは政宗に同情的であった。

さらに、全宗が尋問《じんもん》する。

「奥羽筋の諸大名は、いずれもそのほうの血縁にあたると聞いている。しかるに、方々に敵をつくるのは、そのほうみずからの罪であり、その責めは逃れられまいと関白殿下は仰せである。この件につき、申しひらきはいかがか」

「縁者の大名衆を、なにゆえ、それがしが好んで敵にいたしましょう。最上と敵になりしは、最上領の近くに館をかまえているわが家臣、鮎貝《あゆかい》藤太郎《とうたろう》宗信《むねのぶ》と申す者が最上義光にそそのかされ、逆心いたしたためでございます。それがし、鮎貝を征伐におもむきしところ、かの者は逃亡して最上領に逃げ込み、最上義光がこれを庇《かば》ったため、以来、よからぬ仲となりました」

政宗は弁明をつづけ、

「また、相馬については、先代の時分には争いがございましたが、この政宗の代になってからは、懇意な往来がつづいておりました。さりながら、それがしの舅《しゅうと》田村大膳大夫《たむらたいぜんのだいぶ》清顕《きよあき》亡きあと、田村家臣の石川弾正《いしかわだんじょう》が相馬義胤《よしたね》に通じ、これを引き入れんとしたため、騒動が起きました。同じく田村の臣、橋本刑部《はしもとぎょうぶ》が騒ぎをおさめようと、それがしに助けをもとめてまいったのです。ゆえに勢を繰り出し、恐れた石川弾正は相馬へ逃げ退《の》きました」

「されば、大崎の儀は」

「その儀なれば、国境の争論より、合戦に相なった次第」

施薬院全宗の尋問は、以上でおわった。

政宗の申しひらきの態度は、じつに堂々としており、どこといって不審な点は見当たらない。

ここで、前田利家がはじめて口をひらいた。

「伊達どのの申し状、そのまま関白殿下に取り次ぎ申そう。ご沙汰があるまで、当地で神妙にお控えあるように」

「心得ました」

政宗は深く頭を下げた。

「されば、われらはこれにて」

問詰使たちが目礼し、立ち去ろうとしたとき、

「前田どのに、折り入ってお頼みしたき儀がございます」

政宗は前田利家を引きとめた。

「何か」

と、利家が振り返った。

「たいしたことではござらぬ」

政宗はいままでの態度とは逆に、目を伏せ、おもはゆそうな顔をし、

「この小田原の陣に、天下一の茶の湯の宗匠《そうしよう》、千利休どのが殿下のお供をされて下っていると聞き及びまする。それがしは、文雅の道にうとい東夷《あずまえびす》にて、いまだ茶の湯というものを存じませぬ。この機会に、ぜひとも利休どのより手ほどきを受けとうござりますれば、なにとぞ、お取り次ぎをお願い申し上げます」

「そのようなことか」

利家が笑った。

「相わかった。わしは利休どのと懇意にしておる。伊達どののため、便宜をはかってつかわそう」

「かたじけのうございます」

七

施薬院全宗らは、秀吉のもとへもどり、筆記した政宗の答弁を読み上げた。

脇息《きようそく》にもたれた秀吉は、眠そうな顔でそれを聞いていたが、

——利休にわび茶を学びたい。

と、政宗が願い出たことを聞き、

「ほう」

興《きょう》ありげに目をしばたたかせた。

「妙なやつよのう。おのれが生きるか死ぬかというときに、数寄《すき》に心を動かすとは……。なかなかの器量人かもしれぬ」

秀吉はつぶやき、明後日、石垣山《いしがきやま》城の普請《ふしん》場へ検分に出るついでに、政宗を引見することを決めた。

その知らせは、底倉に幽閉されている政宗主従にもすぐに届いた。

「殿の申しひらきを、関白さまがお認めになられたのですな。よろしゅうございました。これで、伊達家は安泰でございます」

側近の高野親兼《たかのちかかね》が、涙を流しながら喜んだ。

本来、申しひらきを認めるも何もないのである。乱世では、力こそが正義だ。政宗の力が足らず、秀吉に屈服せざるを得ないゆえ、尋問を受け、あれこれと言いわけをせねばならない。

言いわけがしたくなければ、戦って勝てばよい。しかし、いまの政宗にはそれができない。

できぬ以上、

（勝つだけの力をたくわえるまで、我慢だ……）

政宗はおのれに言い聞かせた。

六月九日、朝――。

馬に乗った政宗は、片倉小十郎らを従え、石垣山城の普請場へ向かった。

石垣山城は、早川の流れをへだてて小田原城を見下ろす標高二六二メートルの笠懸《かさがけ》山に築かれている。

秀吉は、城攻めが長期化することを予期し、敵に心理的な圧迫を加えるこの位置に、巨城の建設をはじめた。

籠城する敵を見下ろしながら戦いをすすめるのは、かつて播磨《はりま》の三木《みき》城、備中高《びっちゅうたか》松《まつ》城でもおこなった、秀吉得意の策である。

家康の家臣榊原康政《さかきばらやすまさ》が、大坂の加藤清正《かとうきよまさ》にあてた書状には、城のようすが次のように書かれている。

――上様の御陣城は、高山の頂上に十丈（約三〇メートル）余りに石垣を築き、上は雲を穿《うが》ち、箱根連山は放ち、（小田原）城を直下に御覧じられ候。（中略）細少にして綺麗なる屋形これ有り。松竹、草花を有り集め植え、野菜、茄子《なす》、大角豆《おおささげ》、また蔓《つる》、蕪《かぶら》、麦等好みこれあるを作る。総じて色々な植木、書院、数寄屋、陣屋、驚き目に候……。

総石垣造り、白漆喰《しっくい》塗りの城は、すでにほとんど完成に近かった。

五層の天守のほか、十余の櫓《やぐら》がそそり立ち、とてもにわか造りの城には見えない。おそるべき、秀吉の土木の力であった。

陣幕のめぐらされた普請現場で、政宗は秀吉に拝謁《はいえつ》した。

秀吉は熊毛の付け髭をし、羅《うすもの》に金銀の箔をおかせた豪奢《ごうしゃ》な陣羽織をまとい、朱塗りの曲彔《きょくろく》に悠然と腰かけて政宗を迎えた。

秀吉の左右には、徳川家康、前田利家ら、小田原に参陣中の諸侯がずらりと居並んでいる。

水引で結んだ髪に白い陣羽織を着た政宗は、秀吉の前にすすみ出た。

ひざまずき、低く頭を下げ、

「伊達左《さ》京《きょうの》大夫《だいぶ》政宗にございます」

と、名乗りを上げた。

「近《ちこ》う寄れ」

秀吉のかすれた声が降ってきた。

石垣山城は海から強風が吹きつけるため、その音にかき消されて相手の声がよく聞こえない。

政宗がためらっていると、

「近う」

秀吉が手にした杖《つえ》で招くしぐさをした。

「伊達どの、殿下の御前へ」

浅野長政が政宗をうながした。

「はッ」

政宗は頭を下げたまま、秀吉のそばへ近づこうとしたが、ふと、腰に黒鞘の脇差を帯びたままであることに気づいた。

（…………）

どうすべきか思案し、次の瞬間、脇差を鞘ごと抜き取るや、たまたま横にいた、尋問のときに会って顔を知っている和久宗是のほうへ投げつけた。

歴戦のつわものである宗是は、驚きもせず、たくみな身ごなしでそれを受け取った。

政宗は膝行《しっこう》して、秀吉の御前にかしこまった。

「もっと近う。ここだ、ここ」

秀吉がトントンと、杖の先で自分のすぐ前の地面をたたいた。

招かれるまま、政宗はさらにすすんだ。

顔を上げれば、錦《にしき》の野袴《のばかま》をはいた秀吉の股ぐらが目と鼻の先にある。

低頭した政宗が地面を見つめていると、いきなり、首筋に何かが触れた。

秀吉の杖だった。

秀吉は、政宗の首を杖でかるくたたき、

「さてもそのほう、愛《う》いやつよのう。よい時に来たものだ。参着がいま少し遅ければ、ここが危なかったところよ」

と、喉をそらせて高笑いした。

政宗の腋《わき》の下に、じんわりと汗がにじんできた。

（この勝負、おれが勝ったかと思ったが、相手が一枚上手《うわて》だ……）

なぜか悔《くや》しさはなく、心に爽涼《そうりょう》とした風が吹いた。

政宗にとって、それは生まれてはじめての経験であった。

第七章　奥羽仕置《おううしおき》

一

茶室の障子《しょうじ》に木《こ》もれ陽《び》が映っている。

政宗は三畳台目《だいめ》の茶室に座し、風炉《ふろ》にすえられた四方《よほう》釜から立ちのぼる白い湯気を、冴《さ》えた独眼で見つめていた。

その湯気の向こうにいるのは、朽葉色《くちばいろ》の道服に身をつつみ、宗匠頭巾《そうしょうずきん》をかぶった千利休《せんのりきゅう》である。

石垣山《いしがきやま》城普請場での会見の翌日、秀吉は政宗を茶会に招き、その場で千利休と引き合わせた。

「天下一の宗匠利休どのから、茶の湯の手ほどきを受けとうございます」

と言った、政宗の願いを聞き届けたからであるが、それを即座に実行するあたり、秀吉は、奥州から出てきた二十四歳の若者がよほど気に入ったのであろう。

茶会のあと、政宗は近づきのしるしとして、利休にみちのくの砂金を贈った。

この日、政宗が利休から一客一亭《いっきゃくいってい》の茶事への招きを受けたのは、その心づかいに対する返礼の意味がある。

「かたくならず、肩の力を抜いて茶を娯《たの》しまれよ」

茶人というより、武人にふさわしい顴骨《かんこつ》の張った顔に、ゆるやかな微笑を浮かべながら利休が言った。

「十分に娯しんでおります。さりながら、ご覧のとおりの不調法者《ぶちょうほうもの》。粗相《そそう》をせぬかと、そればかりが気にかかり……」

政宗は目を伏せた。虎哉宗乙《こさいそういつ》から茶の湯の作法を学んでいた政宗だが、上方《かみがた》で流行《はやり》の〝わび茶〟は初めてであった。

じつを言えば、生きるか死ぬかが懸《か》かった秀吉との対面のときより、はるかに緊張している。

茶の湯の世界で、

――一客一亭

といえば、亭主も、客も、よほどの巧者の場合にかぎられると話に聞いている。一対一であるがゆえに、亭主は客に寂寥《せきりよう》をおぼえさせぬよう気をつかい、客は客で、そうした亭主の心の負担を少しでもやわらげるよう、細心の配慮をせねばならない。

茶の湯の初心者にすぎない政宗のため、利休は陣中に持参してきた圜悟克勤《えんごこくごん》の墨蹟《ぼくせき》を掛け、唐物《からもの》の尻膨茶入《しりふくらちゃいれ》を用い、交趾《こうち》の芋頭水指《いもがしらみずさし》を使った。これらはいずれも、格の高い茶道具であり、亭主の客に対する最上級のもてなしの気持ちをあらわしている。

茶の知識の浅い政宗には、道具の善《よ》しあしなどわかるものではないが、利休の総身から滲《にじ》み出る静謐《せいひつ》な胆力《たんりよく》だけは、腹の底に響くようにずしりと伝わってきた。そのたたずまい、どこか兵法の達人にも似ている。

「作法になど、とらわれることはないのだ。貴殿が関白さまの前に白装束《しろしようぞく》であらわれたように、思いのまま、出格《しゆつかく》自在に一服の茶を味わえばよい」

諭《さと》すように利休が言った。

そう言われてみれば、秀吉との対面のとき、政宗は何ものも恐れることなく、自分流の型破りな方法で天下一の権力者に挑んだ。

（茶の湯も、あれと同じか……）

深く息を吸い、背筋をまっすぐに正し、政宗はあらためて利休がもてなしの心をつくした三畳台目の茶室を見渡した。

と——。

奇妙なことに、それまで狭く、息苦しく感じていた空間が、にわかに奥行きを増し、無限の広がりをもって政宗の目に映った。

「はや関東では、木槿《むくげ》の咲く季節でござったか」

床《とこ》の竹の花入に活《い》けられた一輪の白い花に視線を向け、政宗は言った。

無造作に鉈《なた》で断ち割ったような花入の素朴な風情が、露を宿した花びらの清らかなみずみずしさを引き立てている。

ふと、妻の愛姫《めご》を思い出し、おのれが生きて、いまここにあることの悦《よろこ》びを実感した。

「伊達どのは、あれなる花入をどのように思う」

利休が聞いた。

関白秀吉にも、ずけずけと遠慮なく意見を述べるというだけあって、利休の口調は尊大でさえある。

だが、新しい知識をすすんで取り入れようとしている政宗は、それを無礼とは思わなかった。

「いさぎようございますな」

「ほう、いさぎよいか」

「さよう……。涼《すず》やかにして、凜冽《りんれつ》。さながら、一匹の竜が天へ向かってまっしぐらに駆けのぼるがごとく」

「そのように見たか」

「しかし、惜《お》しむらくは、花入の正面に大きな雪割れが入っております。宗匠は何ゆえ、あのようなものを……」

「それか」

利休が唇で笑った。

「欠けたるものこそ、人の心に深く響く。それが、真の美よ」

「…………」

「いま一服、茶を進ぜよう」

と言うと、利休は湯気の立ちのぼる四方釜から、湯柄杓《ゆびしゃく》で湯をすくった。

このとき、利休が床に飾った竹花入は、

——園城寺《おんじょうじ》
と銘され、のちに娘婿の少庵《しょうあん》へとゆずられたものである。

古来、花入は胡銅《こどう》か陶器を用いるのが通例であったが、利休はこの小田原《おだわら》攻めの陣中で、伊豆韮山《いずにらやま》の竹を使って花入をつくり、みずからが追い求めるわび茶にふさわしい新しい美を創造した。

この花入が園城寺と呼ばれるのは、政宗も目をとめた竹の雪割れが、園城寺の割れ鐘にたとえられたためである。

竹花入だけでなく、利休は漁師の使っていた魚籠《びく》、樵《きこり》が腰に下げた鉈を入れる竹鞘などにも美を見いだし、それを茶道具として取り上げた。

すなわち、唐物崇拝の風潮が強かったわが国の茶の湯に、利休は和物をすんで取り入れ、独自のわびさびの価値観で一大革命を起こしたのである。

むろん、利休のきわめた芸術的境地を、政宗は知るよしもない。ただ、利休の何げない言葉のひとつひとつ、茶筅《ちゃせん》でさらさらと茶を点《た》てる洗練された所作《しょさ》に、目を洗われるような新鮮な感動をおぼえた。

（おれは、とんだ世間知らずだった……）

またひとつ、政宗の前に未知の世界が大きくひらけていくようであった。

「変わった茶碗にございますな」

利休が差し出した茶碗を手に取り、政宗は言った。

黒一色の茶碗である。

やや腰のはった筒型で、ぜんたいに鈍《にぶ》い光沢《こうたく》があり、どっしりとした姿に渋みといってい い雅趣《がしゅ》があった。

唐渡りの青磁《せいじ》や天目《てんもく》、染付茶碗なら、鎌倉以来の名門である伊達家にもいくつかあるが、このような一切の飾りをそぎ落とした厳しい茶碗を政宗は見たことがない。

「黒楽《くろらく》と申す」

「黒楽……」

「わしの好みで、楽長次郎《らくちょうじろう》なる陶工に焼かせたものよ」

「宗匠は、かような黒い茶碗がお好みか」

「そうよの」

と、利休はうなずき、

「黒には、黄金のようなきらびやかさも、華やぎもない。そこにあるのは、ただ無のみ。しかし、無であるからこそ、黒はすべての色を受け止め、きわだたせ、そのうちぶところへ無限の深さで呑み込んでゆく。色がないからこそ、そこに色を見る。翳《かげ》が濃いからこそ、そこに光を見る」

「それがしには、色など見えませぬ」

手のうちの黒楽茶碗をつくづくと眺め、政宗は言った。

「しかし、この茶碗の持つ峻烈《しゅんれつ》な美しさは、何やらわかるような気がいたします」

利休は口もとに陽炎《かげろう》のような微笑をくゆらせ、

「世の中には、この美しさがわからぬ者もいる。きらびやかな黄金のみを見、ただ光だけを信じ、黒に眠るわびたる美を解さぬ愚《おろ》か者もな……」

やや皮肉を帯びた口調で、誰に言うともなくつぶやいた。

「その愚か者とは、もしや、関白殿下のことか」

「伊達どのはお若いな」

利休の片頬がかすかにゆがんだ。

「生きたいと思うのなら、口を噤《つぐ》み、一切を胸の奥に秘めておくことだ。拾った命を大事にするがよい」

「しかし、宗匠どのは……」

「わしか」

利休は皓《しろ》く光る茶室の障子に目をやり、

「この憂《う》き世にも、いささか生き飽いてきたかのう」

「…………」

このときの利休の言葉の意味を、政宗が理解するのは、それからしばらくのちのことである。

二

翌日——。

政宗に対する処分が決まった。

奥羽制覇をめざし、政宗が天正十五年（一五八七）の惣無事令（私闘禁止令）に反して切り取った、新領地の仙道四郡、および会津四郡は没収。わずかに、田村、二本松、塩松《しおのまつ》のみを安堵するというものである。

旧領の米沢、伊達、信夫《しのぶ》地方などとあわせ、伊達家の石高は七十万石。

政宗の積極的な拡張政策で、一時は奥羽三十余郡、百五十万石を超《こ》えるまでに膨《ふく》れ上がっていた伊達領は、一気に半分以下に減封された。

また、会津四郡の召し上げにより、本拠の会津黒川城を明け渡し、もとの米沢城へ居城を移すよう命じられた。

ここ二、三年の政宗の努力をすべて帳消しにする、厳しい処分である。

もっとも、小田原参陣がもう少し遅れていたら、命がなかったことを考えれば、これでも寛大な処置といえるかもしれない。

「悔しゅうございますな」

片倉小十郎が、酸《す》い表情で言った。

「いたしかたあるまい。われらは、関白の前に膝《ひざ》を屈すると決めたのだ」

政宗は広々とひらけた相模《さがみ》の海に、やや憂鬱そうな目を向けた。

「また、一から出直しだ。戦いは、これで終わったわけではない」

「さよう」

と、小十郎がうなずき、

「関東に五代にわたって覇をとなえた北条氏も、いまはただ、滅びのときを待つのみ。盛者必衰《じようしやひつすい》の言葉のごとく、豊臣家もまた、その土台にいつ罅《ひび》が入らぬものでもございますまい」

「………」

「殿が関白殿下の茶会などに呼ばれておいでのあいだ、それがし、諸侯の家老衆をたずね、手土産を持って挨拶をするついでに、さまざまな話を聞いてまいりました」

小十郎は声をひそめ、あたりをうかがうように左右に視線を走らせた。

「盤石《ばんじやく》に見える豊臣家も、その内実は、けっして一枚岩ではござらぬそうな」

「どういうことだ」

政宗は、鷹《たか》のような目つきで小十郎を振り返った。

「これまで、諸侯のあいだでは、公儀のことは大和大納言《やまとだいなごん》さまに、内々のことは千利休どのにと、言われてきたそうにございます」

小十郎が言った。

大和大納言とは、関白秀吉の実弟小一郎秀長《こいちろうひでなが》のことである。秀長は、まだ木下《きのした》家と呼ばれていた豊臣家の草創期から、兄秀吉を財政面でよく支え、その裏表のない人柄で、諸大名のなかにも彼を慕《した》う者が多かった。

また、織田信長の時代から天下の宗匠とみとめられていた利休は、武将、公卿、商人などに幅広い人脈を持っており、彼らと秀吉を結ぶパイプ的な役割を果たしていた。

ために、秀長と利休は、秀吉に諸大名の請願をつたえる取次役となり、

「公式な政治問題は、大和大納言秀長」

「私的な問題は、千利休」
という、職務分担が出来上がっていた。
すなわち、この秀長、利休ラインが、秀吉が造り上げた豊臣政権の中枢を握ってい
たわけである。
ところが——。
最近になって、その権力構造に大きな変化が起きた。
石田治部少輔三成《いしだじぶのしょうみつなり》を筆頭とする、
——奉行衆
の台頭である。
「さきの九州島津《しまづ》攻めのおり、総大将をおおせつかったのは、大和大納言さまであり
ました。大和大納言さまは、関白殿下の本隊に先駆けて九州入りし、破竹の勢いで敵
を打ち破り、ついに島津義久《よしひさ》を降伏にまで追い込みました」
「そのように聞いている」
政宗はうなずいた。
片倉小十郎が、さらに言葉をつづけ、
「関白殿下より戦後処理を命ぜられた大和大納言さまは、島津の所領を従来の八ヶ国

から、薩摩《さつま》、大隅《おおすみ》の二ヶ国、日向《ひゅうが》国南端の真幸《まさき》郡に削ると断を下したのです。さりながら、島津側はしぶとく工作をおこない、奉行の石田三成に金銀を献ずるなどして、日向諸県《もろかた》郡の回復を勝ち取ったとか」

「それでは、大和大納言の面目は丸つぶれではないか」

「関白殿下は、地味に下働きを重ねてきた弟の意見よりも、奉行の意見を重んじたのでございます」

「なぜ、そのようなことになった?」

「ひとことで申すのは、いささか難しゅうございますが……」

と前置きし、片倉小十郎はみずからの考えを政宗にのべた。

それによれば——。

豊臣家の所帯がまだ現在《いま》ほどでなく、天下取りをめざして戦いに明け暮れていたころは、諸大名との融和をはかる秀長、利休の調整能力がうまく機能していた。

秀吉は、逆《さか》らう者を力でねじ伏せた信長とはちがい、敵対する大名の多くを調略によって味方につけ、天下人の座を手元まで引き寄せた。

秀吉が脅《おど》しすかして、ようやく臣下《しんか》の列に組み入れた徳川家康、あるいは、毛利輝《もうりてる》元《もと》がそのいい例である。

諸大名の不平不満をなだめ、秀吉とのあいだの調整をするのが、秀長と利休のつとめであった。

諸大名とじかに顔をつき合わせることの多かった秀長、利休は、彼らの意見に耳をかたむけ、大名たちのゆるやかな連合体の上に豊臣家が立つ、

——地方分権

の政治をめざした。これは、多くの大名が望むところでもあった。

ちなみに、この考え方は、のちに徳川家康によって継承され、諸大名の自治をみと

める徳川幕藩体制が生まれている。

これに対し、石田三成や前田玄以《まえだげんい》、増田長盛《ましたながもり》、長束正家《なつかまさいえ》らの、奉行衆（官僚といっ

てもいい）は、秀吉のもとに軍事指揮権、租税徴収権、裁判権などすべての権限が集

まる、

——中央集権体制

を築こうとしていた。

これは、奉行衆の発言権を高めるばかりでなく、秀吉にとっても悪い話ではない。

権力の集中は、むしろ望むところであった。

「好きにやれ」

秀吉は三成ら奉行衆の動きを容認し、秀長と利休による旧来のラインからは、やや距離を置くようになった。

すなわち、天下統一が近づくにしたがい、みずからの命を忠実に実行していく、イエスマン集団の奉行衆の方が使い勝手がよくなったのである。

その具体的な例としてあらわれたのが、九州島津攻めでの、石田三成の意見の採用であった。

今度の小田原攻めでも、調略によって北条氏を屈服させようという秀長、利休、そして徳川家康に対し、

——関白殿下に逆らう者は、ことごとく討つべし。

と、武力討伐を強硬に主張したのは、ほかならぬ石田三成であった。

「石田治部少輔は、わが伊達家についても、討伐を関白殿下に強くすすめていたそうにございます」

「君側《くんそく》の奸《かん》だな」

政宗は苦い顔でつぶやいた。

「しかも、奉行衆の力を押さえてきた大和大納言さまは、いま、大坂城で病の床にあるとか」

「病はよほど重いのか」

「そのように、豊臣家侍医の施薬院全宗《やくいんぜんそう》どのより聞きました」

「……………」

「このたび、殿が赦《ゆる》された陰には、徳川家康どの、前田利家どの、浅野長政どの、千利休どのらのお口添えがあったと聞きおよんでおります」

「石田に大きな力を持たせぬためか」

政宗のあずかり知らぬところで、豊臣政権内部の微妙な政治力学がはたらいていたようである。

ともかく、豊臣家が一枚岩でないというのは、政宗にとって朗報であった。

「つけ入る隙があるな」

政宗は唇で笑った。

「はい」

片倉小十郎がうなずき、

「まだまだ、世は定まったわけではございませぬ。豊臣家が二つに割れている以上、ふたたび風雲が巻き起こる可能性は大」

「そのときまで、牙を研《と》いで待つ」

海を見つめ、政宗は言った。

「いまはひたすら、足元をかため、隠忍自重《いんにんじちょう》だ」

「御意」

「これからは、上方の動き、諸大名の動静などにも、抜かりなく目を配らねばならぬな」

「さよう。いままでのごとく、佐竹だ、相馬だ、最上だと、奥羽の小さな嵐だけに心をわずらわせているわけにはまいりませぬ。天下を向こうにまわした戦いが、殿を待っておりまする」

「天下か」

政宗は不敵に笑い、

「おもしろい」

広大な天と海原を映す独眼が、生き生きと輝いた。

三

処分の決定を受け、政宗は会津への下向《げこう》をゆるされた。

とはいえ、帰国早々、会津黒川城を明け渡し、米沢へ引き移らねばならない。豊臣側の検分役として、木村吉清《きむらよしきよ》、浅野正勝《まさかつ》（浅野長政の臣）の両名が、政宗らに同行することになった。

出立《しゅったつ》に先立ち、政宗は秀吉の寛大な処置を後押ししたという、前田利家、徳川家康らの陣をたずね、謝辞をのべた。

豊臣政権をささえる実力者と交誼《こうぎ》を結んでおくことは、今後の伊達家にとって得策といえる。

小田原参陣のさいにも、何くれとなく骨を折ってくれた前田利家は、終始、政宗に好意的だった。

「わしも若いころには、亡き右府《うふ》（信長）さまのご勘気《かんき》をこうむり、浪々の暮らしを送ったことがある。何ごとも、人として成長するための試練と心得られよ」

鼻の下と顎《あご》にうすい髭《ひげ》をたくわえた細おもての利家は、政宗をさとすように言った。

話しているあいだも、陣幕の周囲は人の行き来があわただしく、どことなく騒然としている。

じつは、利家は政宗尋問のために、一時的に小田原へやって来たのだが、前田の本

隊は、上杉、真田勢とともに、かれこれ一月近くにわたって武蔵鉢形城《むさしはちがた》を包囲中であり、

「何を愚図《ぐず》ぐずやっておる。攻め方が手ぬるいのではないか」

と、秀吉から厳しい叱責《しっせき》を受けたばかりであった。

利家にすれば、何も望んで包囲を長びかせているわけではない。

城将北条氏邦《うじくに》（氏直《うじなお》の叔父）が立てこもる鉢形城は、武蔵における北条方最大の拠点で、荒《あら》川の急流渦巻く断崖の上に築かれた要害堅固な城である。おりからの梅雨《つゆ》で川は増水し、近づくのも難しい状態であった。

そのため、利家らは無理攻めをせず、持久戦で城方が音《ね》を上げるのを待っていたのだが、秀吉の叱責によって事情が変わった。

「今日にも小田原を発《た》ち、鉢形の陣へもどらねばならぬ」

利家は苦い顔をした。

「それは、お忙しきところ邪魔をいたしました」

頭を下げる政宗に、

「いや、何ほどのことはない」

と、利家は歴戦のつわものらしい余裕をみせ、

「それより、伊達どのもよく覚えておかれることだ」

「何をでござります」

「お手前はこれまで、他人《ひと》に仕えたことがあるまい」

「…………」

「宮仕えとは、辛抱《しんぼう》の連続よ。多少、意に染まぬと思うことがあっても、腹の底でぐっとこらえ、上に立つ者に従わねばならぬ。それが、生きるということだ」

「辛抱でございますか」

「できるかな、お手前に」

前田利家が戦場灼《や》けした顔に、薄い微笑を浮かべて政宗を見た。

たしかに、政宗は生まれてこのかた、人の風下に立った経験がない。十八歳で伊達家の家督を継《つ》いでから、誰のさしずも受けず、奥羽の諸大名を切り従えてきた。

それゆえ、豊臣政権に組み入れられ、その窮屈な枠組みのなかで生きるのは、いささか難しい課題であるかもしれない。

しかし、

（おれには天下への野望がある）

政宗は胸のうちで思った。

野望のある人間は、その遠大な目標のためなら、ときに泥水をすすり、不倶戴天《ふぐたいてん》の敵に頭を下げることもできる。

裏を返していえば、野望のために身を撓《たわ》め、いかなる逆境にも耐え抜くことのできる者こそが、

（真の英雄であろう……）

政宗は目を上げ、前田利家に爽《さわ》やかな微笑を返した。

「何ぶんにも、それがしは世間知らずにございますれば。正しき宮仕えの道、今後とも、よろしくご教示下さりませ」

「うむ……」

政宗の率直な態度に、かえって利家のほうが、

（奥羽の暴れ者とばかり聞いていたが……。これは思ったより、なかなかのしたたか者であるやもしれぬ）

と、複雑な感想を抱《いだ》いた。

「それはそうと、お手前の家臣の片倉小十郎なる者、関白殿下より五万石で誘われたそうだな」

ふと思い出したように、利家が言った。

「はい」

政宗は、にわかに表情をかげらせた。

腹心の片倉小十郎が、関白秀吉から、

――五万石を与えるゆえ、わしの直臣《じきしん》にならぬか。

と、じきじきの誘いを受けたのは、つい二日前のことである。

政宗をささえる小十郎の手腕は、奥羽ばかりでなく、上方の諸大名のあいだでも評判になっている。

「上杉に直江兼続《なおえかねつぐ》あり、伊達に片倉小十郎あり」

と、噂する者もあった。

その政宗にとって、なくてはならぬ存在の小十郎を、秀吉は破格の条件で伊達家から引き抜こうとしたのである。

むろん、小十郎は、伊達家以外に仕える気はございませぬと言って申し出を断ったが、政宗にすれば気持ちのいいことではない。

(伊達の石高を半分に削っておいて、小十郎には五万石か……)

胸に、かすかな隙間風が吹かなかったといえば嘘になる。

顔を曇らせる政宗を見て、

「それよ、それ」

　前田利家がおかしげに笑った。

「目の前に餌《えさ》をぶら下げて一本釣りし、君臣の仲を引き裂くのが、関白殿下のいつもの手よ」

「手とは？」

「徳川どののときも、そうであった」

　利家は髭を撫で、

「徳川家の家老に、石川数正《いしかわかずまさ》なる譜代の老臣がおってな。これが小牧《こまき》の戦いののち、徳川どのの名代として上方にのぼるうち、関白殿下にたらし込まれ、主家を出奔《しゅっぽん》して豊臣家の直臣となった。いま数正は、和泉《いずみ》一国十万石の大名となっておる」

「わが伊達家に、あるじを裏切るような者はおりませぬ」

　これぱかりはきっぱりと、政宗は言った。

（しかし……）

　秀吉は、徳川家康を警戒したのと同じように、政宗の能力に潜在的な恐れを抱いているということになる。

（心しておかねば……）

鉢形城から使番が来たのをしおに、政宗は前田利家のもとを辞去した。

次におとずれたのは、酒匂《さかわ》川西岸の徳川陣である。

ちょうど時分どきで、家康は三ッ葉葵《あおい》の紋を染め抜いた幔幕《まんまく》のうちで昼食をとっているところだった。石垣山城普請場での秀吉への拝謁のときに顔を合わせているため、初対面というわけではない。

家康は政宗にも昼食をすすめ、そばにいた小姓に用意させた。

陣中のこととて、質素な食事である。

五穀《ごこく》の入った握り飯と、青菜の集め汁、それに大根の古漬けが添えられていた。

家康は、秀吉より五歳年下の四十九歳である。

健康的な皓《しろ》い歯で、固い古漬けをばりばりと嚙み、拳ほどの握り飯を五、六個、立てつづけに食った。旺盛な食欲である。

その食欲に見合った太り肉《じし》の体だが、締まりのない脂肪におおわれているのではなく、むしろ筋肉質で固太りの重厚な体軀《たいく》をしていた。

秀吉とはまたちがった沈毅《ちんき》な威圧感が、首の太い男盛りの身にそなわっている。

政宗も黙々と握り飯を食い、出されたものを一片も余さず平らげた。

食事がおわると、政宗はまず、家康に赦免《しゃめん》の口添えをしてくれたことへの礼を言った。

「はて、そのようなことがあったかな」

家康の表情は鈍《にぶ》い。

まるで、生ぐさい政治とは無縁のような顔をしている。秀吉への働きかけを恩に着せるでもなく、前田利家のように説教めいた言葉を口にするでもなく、いっさいを肚《はら》に呑み込む深さがあった。

一見すると、家康は実直な農夫のごとき風貌をしているが、肉厚の瞼《まぶた》の奥の感情が読みにくく、政宗は石で彫った大仏と対峙《たいじ》しているような気分になった。

(この男、なぜ北条と組んで立たなかったか……)

相手の情《こころ》のありかをたしかめるべく、

「徳川どののご息女は、北条家に嫁《か》しておいでと聞いております。さぞ、ご心痛のことでありましょう」

と、政宗は聞いた。

家康の二女督《とく》姫は、北条氏の当主氏直の妻となっている。その縁で、家康は小田原攻め回避のために奔走し、いよいよ落城となったときは督姫を返してくれるよう、北条氏に働きかけてもいた。

「伊達どのは、目の前でお父上の死を見届けられたそうだな」

眠そうな目をして、家康が言った。

「わしも覚悟はできている」

「…………」

「しかし、いくさで親を失い、子を失うような世は、そろそろこのあたりで終わりにしたいものだ。そうは思われぬか、伊達どの」

「いや」

政宗は首を横に振り、

「戦って勝ち、領土を拡大することこそが、武士《もののふ》の本懐。あなたも、そうやって乱世を生き抜いてこられたはずだ」

「これは手厳しい」

と、家康は含み笑いをし、

「お若い伊達どのに、そう言われれば返す言葉もないが、乱世、この国ではあまりに多くの血が流れすぎた。民もこれ以上、田畑が兵馬に荒らされるのを望んではおるまい」

「徳川どのは、何がお望みなのか。もしや、天下か」

きわどい政宗の問いに、

「泰平《たいへい》の国づくりだ」

家康は言った。

「国を治める者は、関白殿下であっても、ほかの誰でもよい。泰平の国づくりをするにふさわしいと、民がみとめた者が天下を支配する。それが世の理《ことわり》だ」

「…………」

「天下は一人の天下ならず、天下の天下なり。わしはそう、肝に銘じておる」

家康は、政宗が差し出した砂金を、何も言わずに受け取った。

秀吉が発する威圧感とは異なる、家康の温顔に隠された人間的迫力を政宗は感じた。

別れぎわ、家康は、

「小田原が落城したあかつきには、わしは北条氏に代わり、この関八州を治めよとのご内命を、関白殿下より受けておる」

何げない世間話のように言った。

「徳川どのが、関八州に……」

寝耳に水の話である。

北条氏が滅べば、東国の諸大名の力関係に大変動が生じるのは必定《ひつじょう》であったが、まさかその空白を埋めるのが家康であるとは思わなかった。

「関東は不案内な土地だ。奥羽とも領地が近い。伊達どのとは、親族同然の付き合いがしたいものだ」

自分よりはるか年下の政宗を相手に、家康は床几《しょうぎ》から腰を上げ、厚みのある体を折り曲げるように深く辞儀をした。

四

六月十四日――。

政宗は、収城使の木村吉清、浅野正勝とともに、会津黒川へ向かった。

途中、相州《そうしゅう》藤沢《ふじさわ》の地から、政宗は黒川城の家臣たちへ書状を送っている。

――二十四、五日ころには、黒川へ相帰るべく候《そうろう》。奥州五十四郡、出羽十二郡、皆以て仕置等仰せつけられ候。

このなかで政宗は、秀吉から奥州五十四郡、出羽十二郡の仕置をすべてまかされたと書いているが、むろん、そのような事実はない。家中の動揺を抑えるため、方便を使ったのであろう。

佐竹勢に襲われる危険のあった往路とはちがい、復路は佐竹領近辺を通っても、襲撃を受ける気遣《きづか》いはなかった。

一行は、奥州街道を北上。宇都宮《うつのみや》から下野《しもつけ》街道をへて、同月二十五日、会津へ帰還した。

政宗の不在中、黒川城の留守居役をつとめていた伊達成実らが、城門の前にひざまずいて一行を迎えた。

成実らの表情は複雑である。

すでに、小田原からの知らせで、伊達に対する秀吉の処分は聞いている。

あるじが生きてもどったのは慶賀すべきことだが、その喜びを嚙みしめる間もなく、すぐに会津の地を去らねばならない。

やり切れなさ、口惜しさが、秀吉との一戦も覚悟していた家臣たちの顔に滲《にじ》んでいた。

（堪《こら》えよ……）

収城使たちの手前、声には出さず、政宗は目で告げた。

気性の烈《はげ》しい伊達成実が下唇を噛み、政宗の目をじっと見返す。原田宗時、国分盛重たちも、くすぶる不満を必死に抑え、拳を強く握りしめているのがわかった。

大きな試練を共有することで、政宗はいまはじめて、家臣たちと心がひとつにつながったような気がした。

城へ入った政宗は、大身、小身を問わず、すべての家臣を大広間に集め、ここ十日のうちにも黒川城を明け渡し、米沢へ引き移ることをあらためて告げた。

留守政景が、あらかじめ準備をすすめていたため、城明け渡しの作業は沈鬱《ちんうつ》ななかにも、粛々とすすんだ。

七月三日、木村吉清、浅野正勝によって検分がおこなわれ、会津黒川城は豊臣方に引き渡された。

なおしばらく、政宗は城下の興徳寺《こうとく》に滞在。領内の政務の処理をすませたのち、家臣をひきいて羽州《うしゅう》米沢へ向かった。

峠に降りしきる蟬《せみ》しぐれの喧《やかま》しい、夏の盛りのことである。

同じころ――。

小田原北条攻めも、最終的な段階を迎えている。

前田、上杉、真田連合軍の猛攻によって、武蔵鉢形城、つづいて八王子《はちおうじ》城が陥落。

関八州の支城をつぎつぎ失った北条氏は、孤立無援となった。

それに加え、六月下旬に完成した石垣山城の五層の天守の威容も、籠城方を心理的に追いつめた。

ことここにいたり、北条氏政、氏直父子は開城を決意。

氏政、氏直ならびに、氏政の弟氏照《うじてる》が城を出て、圧倒的な物量をほこる豊臣勢の前に全面降伏した。ときに天正十八年、七月五日のことである。

翌日、豊臣家家臣の片桐且元《かたぎりかつもと》らが、小田原城に入城。

当主氏直は、

「わが命にかえて、将士どもをお助けいただきたい」

と嘆願したが、容《い》れられず、妻督姫と離縁のうえ、家臣三百人とともに紀州《きしゅう》高野山《こうやさん》へ追放された。

当初から強硬な主戦派であった先代氏政と弟の氏照は、城下の田村安栖《あんさい》宅で自刃《じじん》。重臣の松田憲秀《まつだのりひで》、大道寺政繁《だいどうじまさしげ》らも、切腹して果てた。

五代百年にわたってつづいた小田原北条氏は、ここに滅亡した。

いくさの後始末がすむと、秀吉は北条氏の遺領を徳川家康に与えた。

家康は、従来の三河《みかわ》、遠江《とおとうみ》、駿河《するが》、甲斐《かい》、および信濃《しなの》の南半分、あわせて百三十

万石に代わり、伊豆《いず》、相模《さがみ》、武蔵、上野《こうずけ》、上総《かずさ》、下総《しもうさ》の六ヶ国、二百四十二万石の大封を領するようになり、

――江戸《えど》城

を居城とさだめた。

その間の一連の動きを、政宗は慌《あわ》ただしく移ったばかりの古巣の米沢城で知った。関東滞在中に親しくなった和久宗是《わくそうぜ》、浅野長政らからの書状によれば、近々、秀吉は奥羽仕置をおこなうために、会津へ下向するという。

和久宗是は、

「伊達どのも、白河《しらかわ》より会津へ至る峠などの道普請、橋の架けかえ、関白殿下の御座所を用意されたし」

と、伝えてきた。

秀吉を迎える準備には、豊臣政権に組み入れられた奥羽の諸大名から、多くの人数が動員される。秀吉の肚ひとつで、奥羽の仕置が決まるとあって、いずれの大名も競って準備に力を入れるはずであった。

秀吉はまた、恭順《きょうじゅん》のあかしとして、奥羽の諸大名に妻子を京へ差し出すことを要求してきた。すなわち、謀叛《むほん》を未然に防ぐための人質である。

政宗に、まだ子はなく、妻の愛姫《めご》を上方へ送るよりほかなかった。

「都にも、春はおとずれ、桜も咲きましょう。殿のお役に立つのであれば、わたくしは喜んでまいります」

切れ長の目に凛然たる決意の色を浮かべ、愛姫は言った。

「病といつわり、上方行きを引き延ばすこともできる。焦ってことを決めずともよい」

いざとなると、政宗のほうがかえって決意を鈍《にぶ》らせた。

小田原からもどった政宗は、長い空白を埋めるように烈《はげ》しく妻の体を求めた。愛姫もまた、これまでのわだかまりを捨て、政宗の愛に全身全霊で応《こた》えた。

関白秀吉の奥羽征討という大危機が二人を近づけ、そしていままた、遠く引き裂こうとしている。

「世間の者は、殿のことを奥羽の独眼竜と呼んでおりますそうな」

「それが、どうした」

「奥羽中を震え上がらせる独眼竜ともあろうお方が、おなご一人のことで、何をためらっておられます」

愛姫が屈託《くったく》なく笑った。

「伊達家にとって、いまは大事なときでありましょう。関白殿下のご機嫌を損じるようなまねは、断じてなさってはなりませぬ」

「しかし、関白はことのほか好色と聞いている」

政宗は、近ごろますます、清麗な色香に磨《みが》きがかかってきた妻の白い顔を見つめて言った。

「そなたの身に、もしものことがあれば……」

「ご案じなさいますな」

愛姫はかたわらにあった手文庫をあけ、嫁入り道具として田村家から持参してきた懐刀を取り出して、政宗の前に置いた。

「何があろうと、わたくしは死ぬまであなたさまの妻でございます。辱《はずかし》めを受ける前に、これで自害いたします」

「うむ……」

何ものにも侵《おか》されぬ愛情と信頼のあかしを、政宗は妻のつぶらな目の奥に見た。

五

七月二十三日——。

政宗は輿《こし》に乗った妻の愛姫とともに、米沢城を出立《しゅったつ》した。

一方、小田原を発した豊臣勢は、続々と奥州路へ兵をすすめつつある。

秀吉の甥秀次《おいひでつぐ》、徳川家康、前田利家、上杉景勝、佐竹義宣、蒲生氏郷《がもううじさと》、浅野長政らの諸隊、あわせて十万の大軍がこれにつづいた。

秀吉自身も、金色に光り輝く千成瓢箪《せんなりびょうたん》を押し立てて、奥州街道を北上。江戸、岩槻《いわつき》をへて、二十六日、下野宇都宮に着陣。

翌日、板谷峠《いたや》を越えて大森城《おおもり》へ入った政宗のもとへ、

「宇都宮《うつのみや》の御陣へ、急ぎ参られたし」

と、使者が来た。

政宗が駆けつけると、宇都宮には山形城主の最上義光《よしあき》も呼び出されていた。

政宗と同様、最上義光もまた、関東の戦況を睨んで小田原参陣を引き延ばしていたうちの一人である。

義光は政宗に遅れること二日、六月七日に小田原へ参陣。

「来るのが遅いッ！」

と、秀吉の怒りをかったが、徳川家康のとりなしによって赦《ゆる》され、本領の出羽最上郡を安堵された。

金襴の陣羽織を着た秀吉は、すこぶる上機嫌であった。

「おうおう、両人ともよう来た」

秀吉はにこやかに言った。

「伊達家は、奥州探題の家柄。これまた名門の最上家は、羽州探題。両人打ち揃って、わが奥羽入りの先導をしてくれい」

「お役目、喜んで相つとめさせていただきまする」

政宗と最上義光は、深く頭を下げた。

秀吉の魂胆《こんたん》は見えすいている。伊達、最上という奥羽の二強に遠征の先導をさせることで、天下人の威光をすみずみにまで知らしめ、仕置を容易にしようというのだろう。

そのあと、秀吉は政宗夫人の愛姫と、最上義光の大崎《おおさき》夫人を引見した。

「奥羽の女人は、その肌雪のごとく白く、見目うるわしき者が多いと聞いていたが……。これはまた」

秀吉はふたりの夫人――ことに、年若く容姿端麗な愛姫を、目を細めてしげしげと眺め、

「政宗も、義光も、たいした果報者《かほうもの》であるよのう」

と言った。

政宗は警戒するように、

「殿下のおそばには、臈《ろう》たけた女人が星の数ほどおられましょう。見苦しき者をお目にかけ、お恥ずかしきかぎりでございます」

「何の……。そなたの女房どのの容色、都の公家《くげ》の姫にもおさおさ劣《おと》らぬ。これだけの女人を、みちのくに埋もれさせるのは惜しい。いや、じつに」

秀吉は愛姫の白いうなじに、野卑《やひ》な視線をそそぎ、

「どうじゃ。上方に出て、都の文雅《ぶんが》に触れ、大名の奥方にふさわしき教養を積まれてみる気はないか」

物見遊山《ものみゆさん》にでも誘うように、かるい調子で言った。

「…………」

愛姫は戸惑ったように長い睫《まつげ》を伏せていたが、やがて、意を決したように顔を上げ

た。

「ありがたき仰せにございます」

「そうか、上方へ来るか」

秀吉が目尻を下げた。

「はい」

と、愛姫はうなずき、

「都の貴顕《きけん》の作法、しきたりなど、何ひとつ存ぜぬ田舎者でございます。おそれながら、関白殿下をわが父のごとく、北政所《きたのまんどころ》さまを母のごとくお頼み申し、お情けにおすがりするよりほかありませぬ」

「わしが、父か……」

にわかに秀吉が鼻白んだ顔になった。

愛姫は、秀吉の一粒種の鶴松《つるまつ》を生んだ側室の淀殿《よどどの》と同じ二十二歳である。しかし、五十四歳という秀吉の年齢を考えれば、たしかに父と娘に近い。

「なにとぞ、よしなにお願い申し上げまする」

「それがしからもお頼みいたします」

政宗は愛姫とともに、頭を下げた。

「わかった」

秀吉はおうようにうなずいた。

「わしを父と思い、北政所《かか》を母と思え。鶴松の、よき姉になってやってくれ」

「ありがたき幸せに存じます」

「聚楽第の近くに、屋敷地を与えよう。いずれ、政宗も京見物に参るがよい」

「ははッ」

愛姫のとっさの切り返しによって、秀吉の下心は封じられた形になった。

大名の妻たる者、これくらいの気働きと度胸がなくては、夫とともに乱世を生き抜いていくことはできない。

宇都宮の地で、夫婦は別れ別れになった。

愛姫は供の者、警固の侍たちとともに京へ。

政宗は秀吉を先導し、宇都宮から白河をへて会津黒川へ向かった。

六

関白豊臣秀吉が会津へ到着したのは、八月九日のことである。

黒川城へは入らず、かつて政宗が居所としていた城下の禅刹《ぜんさつ》、興徳寺を御座所とした。

興徳寺において、秀吉は、

――奥羽仕置

をおこなった。

豊臣政権に臣従を誓い、領地を安堵された奥羽の諸将の顔触れは、以下のとおりである。

伊達政宗（出羽国置賜《おきたま》郡・陸奥《むつ》国黒川郡・宮城《みやぎ》郡・名取《なとり》郡・柴田《しばた》郡・亘理《わたり》郡・伊具《いぐ》郡・刈田《かった》郡・伊達郡・信夫郡・安達《あだち》郡・田村郡）

南部信直《なんぶのぶなお》（陸奥国志和《しわ》郡・稗貫《ひえぬき》郡・和賀《わが》郡）

津軽為信《つがるためのぶ》（陸奥国津軽三郡）

岩城貞隆《いわきさだたか》（陸奥国岩城郡）

最上義光（出羽国最上郡）

戸沢光盛《とざわみつもり》（出羽国山本《やまもと》郡）

小野寺義道《おのでらよしみち》（出羽国上浦《かみうら》郡）

秋田《あきた》実季《さねすえ》（出羽国秋田郡）
岩屋《いわや》朝茂《ともしげ》（出羽国由利《ゆり》郡岩屋）
下村《しもむら》彦二郎《ひこじろう》（出羽国由利郡下村）

これに対し、参陣に遅れ、秀吉から所領を没収された者たちもあった。

大崎《おおさき》義隆《よしたか》（陸奥国大崎五郡）
葛西《かさい》晴信《はるのぶ》（陸奥国葛西七郡）
石川《いしかわ》昭光《あきみつ》（陸奥国石川郡）
白川《しらかわ》義親《よしちか》（陸奥国白河郡）
田村宗顕《むねあき》（陸奥国田村郡）
和賀《わが》信親《のぶちか》（陸奥国和賀郡）
稗貫輝家《てるいえ》（陸奥国稗貫郡）
武藤《むとう》義勝《よしかつ》（出羽国庄内《しょうない》三郡）

らの面々である。

このうち、大崎、葛西、石川、白川、田村の諸氏は、伊達政宗と盟約を結び、その軍事指揮下に入っていたため、小田原に参陣する機会を逸《いっ》した。

秀吉は彼らを赦さず、厳しく処断することで、政宗が影響力を及ぼしていた奥羽の支配体制を、豊臣家一色に染め変えようとしたのである。

秀吉は奥羽諸大名の新たな勢力図を決定すると同時に、所領没収によって空白となった地域に、みずからの息のかかった西国系の大名を配置した。

「この会津には、蒲生氏郷を入れる」

秀吉は宣言した。

蒲生氏郷――。

豊臣政権きっての、知勇兼備の武将である。

氏郷は弘治《こうじ》二年（一五五六）、近江日野《おうみひの》城主蒲生賢秀《かたひで》の子として生まれた。母は、近江守護職佐々木《ささき》氏の重臣、後藤賢豊《ごとうかたとよ》の娘。

氏郷十三歳のとき、尾張の織田信長が近江の諸将を切り従えながら上洛。日野城主の賢秀も信長の軍門に下り、嫡子《ちゃくし》の氏郷は人質として信長のもとに送られた。

まだ前髪立ての少年であった氏郷を一見した信長は、

――蒲生が子息の目付き常ならず。只者にてはあらず。

と、その器量の非凡なることを見抜き、みずから烏帽子《えぼし》親となって元服《げんぷく》させ、近習《きんじゅ》の列に加えた。のみならず、信長はおのが息女の冬《ふゆ》姫を、氏郷にめあわせるという、異例の厚遇を与えた。

氏郷のほうも、信長の期待によく応え、戦場にあってはつねに織田軍の先頭に立ち、豪勇ぶりをいかんなく発揮した。

彼の才をみとめた信長が、天下統一を目前にして本能寺《ほんのう》で横死《おうし》したのは、天正十年(一五八二)、氏郷二十七歳のときである。

その後、氏郷は信長の覇業を継いだ秀吉に従い、天下統一戦に加わるようになった。ここでも、氏郷は着実に武功を重ね、近江日野六万石から、伊勢松坂《いせまつさか》十二万石の城主に出世している。

秀吉は旧主の信長と同じく、蒲生氏郷の才を高く評価した。

氏郷は武人としてのみならず、民政家としての手腕にも長《た》けている。また、文雅の素養もあり、千利休の高弟――いわゆる、「利休七哲」の筆頭でもあった。

秀吉は、その華麗できらびやかな経歴にいろどられたエリートの蒲生氏郷を、政宗が去ったばかりの会津の地に送り込んできたのである。

秀吉は熊毛の付け髭を撫でながら、

「所領は会津四郡のほか、安積《あさか》郡、岩瀬《いわせ》郡、白河郡あわせ、四十二万石をつかわす。会津はみちのくの要《かなめ》ゆえ、疎漏《そろう》なきよう、しっかりと治めよ」

「ははッ」

政宗の斜め前に座した蒲生氏郷が、板敷に手をついて平伏した。

政宗にとって、容易ならぬ、

——政敵

の出現であった。

氏郷は三十五歳。

目鼻立ちは、ととのって精悍。肩幅広く、体格も堂々としている。伸ばした背筋に気品と風格、それにおのれに対する強い自信がみなぎっていた。

小田原の陣で会った徳川家康や前田利家も一流の人物であったが、そうした世代が上の武将たちよりも年齢が近いだけに、政宗は胸のうちで激しい敵愾《てきがい》心をそそられた。

「さきほど、城下のようすを、この目で検分いたしてまいりました」

氏郷が、御座所の秀吉をまっすぐに見つめて言った。

「さようか」

「会津は諸方に街道が通じ、地味ゆたかに肥《こ》え、まことにみちのくの要と呼ぶにふさわしき土地でございます」

「うむ……」

「さりながら、城下の整備がすこぶる遅れているために、地の利を十分に生かしきっているとは申せませぬ。また、城もみすぼらしく、このままでは関白殿下のご威光を、あまねく奥羽に知らしめることはかなわぬでありましょう」

「たしかに、いかぬな。上方では、あのような城は城とも呼べぬ。砦に毛の生えたようなものよのう」

城普請好きの秀吉が、同意するように深くうなずいた。

はたで聞いている前黒川城主の政宗は、恥辱《ちじょく》のあまり、顔から火が噴き出るようである。

じっさい、会津黒川城には上方ではすでに常識になっている高石垣もなく、芝土居《しばどい》をめぐらしただけの中世的な城館に近かった。

城下も侍屋敷、寺社、町屋が雑然と入りまじり、都市開発が遅れていた。

もっとも、政宗が城と城下の整備をおこなわなかったのには理由がある。

「おれは、会津の地にいつまでもとどまるつもりはない。すぐに関東へ押し出していく。いまは城の普請よりも、遠征のために矢銭《やせん》をたくわえたほうがよい」

との方針があったためである。

だが、蒲生氏郷の場合は、政宗とはまったく立場がちがう。奥羽における豊臣政権の代理人、いわば奥羽管領としての重責をになっている。

「それがし、伊勢松坂より商人どもを呼び寄せ、城下の振興をはかりたく存じます。城も大幅に修築いたし、関白殿下の威をしめす大天守を造営いたす所存」

氏郷の言葉に、

「それは妙案なり」

秀吉は手にした扇で膝《ひざ》を打ち、

「天守は五層、いや七層でもかまわぬぞ」

と、築城を許可した。

秀吉が、蒲生氏郷を異例の大封で会津に配した背景には、政宗ら奥羽の大名に対する牽制の意味がある。

のち、蒲生氏郷は会津黒川城を深い水濠と高石垣をそなえた近世城郭に造り変え、七重の大天守を築き、城の名を、

——鶴ヶ城

とあらためた。

また、町人を郭外に集住させ、地子《じし》(固定資産税)の免除をするなど、商業振興策を推しすすめた。

町の名も、

「黒川」

から、みずからの出身地近江日野の若松《わかまつ》の森にちなんで、

「若松」

と、称するようになった。

会津若松繁栄の基礎を築いた氏郷を、会津の人々はいまも、町の恩人として慕《した》い敬《うやま》っている。

ともかく、

(この男はできる……)

政宗は、氏郷の言動の端々に、東国にはない上方の先進性を感じ取っていた。

秀吉はさらに、仕置をつづけた。

「それから、出羽庄内三郡は上杉景勝に与えることとする。本領の越後、佐渡《さど》、信濃川中島四郡とあわせ、仁政をよく敷《し》くように」

「謹《つつし》んでお受けいたしまする」

生真面目な顔つきをした上杉景勝が、秀吉に向かって頭を下げた。

「残る大崎五郡、葛西七郡、あわせて三十万石の仕置であるが」

秀吉は本堂に居並ぶ諸将を、ゆるゆると見わたし、

「伊勢守、こちらへ来よ」

と、武将たちのいちばん後ろに控えていた男を扇で差し招いた。

風采《ふうさい》の上がらぬ五十がらみの男が、何ごとかといったように、もっそりと腰を上げ、御前へ進み出た。

政宗が、その顔を見ると、

（あれは木村吉清ではないか……）

先ごろ、収城使として会津黒川城を受け取りに来た、木村伊勢守吉清であった。

木村吉清は、もと明智光秀の家臣であったが、明智の敗死後、城代として守っていた丹波《たんば》亀山《かめやま》城を秀吉軍に無傷で引き渡したため、咎《とが》めを受けず、五千石の侍大将として豊臣家に仕えるようになった。

赤い団子《だんご》鼻以外は、これといって特徴のない、見るからに凡庸《ぼんよう》な男である。

秀吉は、その吉清に、

「そのほう、出世したくはないか」

と、聞いた。

「出世を望まぬ男はおりませぬ」

うつむき加減の吉清は、くぐもった声で返答した。

「ならば」

秀吉は満足げにうなずき、

「そのほうに大崎、葛西三十万石をつかわそう。ますます、励めよ」

思いもかけぬ秀吉の言葉に、木村吉清はとっさに返答もできず、口を半開きにして呆然となった。

諸将のあいだにも、声にならぬうめきと、静かな驚きが広がってゆく。

(何ゆえあやつが……)

政宗の独眼に危険な光りが宿った。

(中巻へつづく)

（本書は、平成十九年十一月に小社から
四六判上下巻で刊行されたものです）

祥伝社文庫

上質のエンターテインメントを！　珠玉のエスプリを！

祥伝社文庫は創刊15周年を迎える2000年を機に、ここに新たな宣言をいたします。いつの世にも変わらない価値観、つまり「豊かな心」「深い知恵」「大きな楽しみ」に満ちた作品を厳選し、次代を拓く書下ろし作品を大胆に起用し、読者の皆様の心に響く文庫を目指します。どうぞご意見、ご希望を編集部までお寄せくださるよう、お願いいたします。

2000年1月1日　　祥伝社文庫編集部

臥竜《がりよう》の天《てん》（上）　長編歴史小説

平成22年6月20日　初版第1刷発行

著者　火《ひ》坂《さか》雅《まさ》志《し》
発行者　竹内和芳
発行所　祥《しよう》伝《でん》社《しや》
東京都千代田区神田神保町3-6-5
九段尚学ビル　〒101-8701
☎03(3265)2081(販売部)
☎03(3265)2080(編集部)
☎03(3265)3622(業務部)
印刷所　堀内印刷
製本所　積信堂

ISBN978-4-396-33587-8 C0193

祥伝社のホームページ・http://www.shodensha.co.jp/